小学館文庫

相棒シリーズ X DAY

大石直紀

映画脚本／櫻井武晴

小学館

目次

「相棒シリーズ　X　DAY」（脚本／櫻井武晴）より

相棒
SERIES
KAZUHISA KAWAHARA
X DAY

プロローグ

真っ暗な空から火の玉が降ってきた。

小さな火の塊が、ひらひらと舞いながら次々に身体《からだ》の上に落ちかかる。

熱さは感じない。

痛みもない。

すでになんの感覚もなくなっている。

中山雄吾《なかやまゆうご》は、自分はもうあの世に来てしまったのか、と思った。

しかし、次の瞬間、火の玉の正体が燃えている一万円札だとわかり、わずかに顔をしかめた。

——この世で最期に見るのが、燃える札束とは。

唇に薄い笑みが浮かぶ。
雄吾はゆっくり目を閉じた。
女の顔が脳裏に浮かんだ。心の中でその名を呼ぶ。
意識はすぐに、完全な闇《やみ》に閉ざされた。

第一章　発端

1

　伊丹憲一《いたみけんいち》は、「捜一」の腕章を左腕に巻きながら覆面パトカーを降りた。伊丹と同じ警視庁捜査一課七係の、三浦信輔《みうらしんすけ》と芹沢慶二《せりざわけいじ》があとに続く。

　目の前には改装中のビルが聳《そび》えている。目隠し用の壁には『東京明和銀行』『本店システム部』と書かれた表示板。眉間《みけん》に皺《しわ》を寄せたいつもの表情のままその表示にちらと目をやると、伊丹は、壁の向こう側の事件現場へと急いだ。

　壁とビルとの間の狭いスペースは、すでに数十人の初動捜査員でごった返していた。その一画がブルーシートで覆われている。

　それを掻《か》き分けて中に入ると、死体の傍らにしゃがみ込んでいた鑑識課の米沢守《よねざわまもる》が、伊丹たちの姿を見つけて手を上げた。

をめくる。

と言いながら軽く頭を下げ、三人が近づくのを待って、死体を保護していたシート

仰向《あおむ》けに若い男が倒れていた。頭部からおびただしい出血の痕《あと》が見える。

三浦と芹沢は同時に眉《まゆ》をひそめた。伊丹はポーカーフェイスを崩さない。

「死亡推定時刻は昨夜の九時前後だそうです」

「約十二時間前か……」

伊丹は死体から顔を上げた。数人の作業着姿の男が、所轄署の刑事に聴取を受けている。

「第一発見者だな」

「そのようです」

「工事関係者か？」

「今日は工事が休みです。搬入業者でしょう」

三浦が、死体の背広に付けられた社章に気づいた。

「東京明和銀行か」

「よくおわかりで」

米沢が鑑識袋を差し出す。

「そのシステム部がこのビルに入るそうです」

伊丹がそれを受け取り、目の前にかざす。

「被害者もシステム部の人間みたいだな」

透明な袋の中に社用IDが入っている。

『東京明和銀行本店』『システム部』『中山雄吾』と記されている。

「これは……？」

芹沢が、死体の横で燃え残っている紙の束に目を向けた。

「なんです、これ」

近づき、その前にしゃがむ。

「お金？」

「なに？」

伊丹も芹沢の肩越しに見下ろす。

ほとんど黒く焦げているが、よく見るとそれは確かに一万円札の束だった。数十枚はある。

「特殊撮影しました」

米沢は、ＡＬＳ撮影用のデジタルカメラで撮った写真を取り出した。肉眼では見えない痕跡《こんせき》が浮かび上がっている。

伊丹ら三人は写真を覗《のぞ》き込んだ。

「ここ」

レントゲンのような写真の一部を米沢が指差す。

「帯封が見えますよね」

微《かす》かだが、確かに帯封がかかっているように見える。

「てことは、百万？」

芹沢が驚きの声を上げる。

「それくらいありそうだな」

写真に目を向けたまま、伊丹が言った。

「被害者の金か？」

「所持していた財布に金が抜かれた形跡はありませんでした。これ、多分封筒です」

米沢が、今度は札束のやや外側を指差す。

「なるほど」

言われなければわからなかったかもしれないが、確かに封筒の痕のようなものが見える。

「つまり、帯つきの百万が封筒に入ってた……」

芹沢が首をひねる。

「誰の金だろ」

「それ以前に、なんで死体の横で百万が燃えてんだ」

伊丹は、死体と焼け焦げた札束を見比べた。

「で、死因は？」

三浦が訊《き》くと、米沢は人差し指を空に突き上げた。つられるようにして、三人が指差す方向を見上げる。

「あそこから落ちたんだと思います」

ビルの屋上から捜査員がこっちを見下ろしている。

──転落死か。

あそこから落ちたらひとたまりもないな、と伊丹は思った。

米沢が先に立ってビルの中に入る。

「行きましょうか」

残って現場検証を続ける、という三浦を残して、伊丹と芹沢があとに続いた。

屋上はまだ改装の真っただ中で、コンクリートがむき出しの状態だった。片隅には、作業用だろう、プレハブの倉庫が建っている。

さっき捜査員が見下ろしていた場所まで進むと、

「ここから落ちたんでしょうな」

言いながら米沢は、ライトを照射して、付近の床についた靴跡を浮かび上がらせた。

靴跡はかなり乱れている。

「床の砂埃《すなぼこり》に争ったような痕跡がありました」

「ゲソ痕（足跡）は？」

眼下を見ながら伊丹が質問する。

「乱れ過ぎで採取不能です。それと、ここに来るまでに、男女問わず様々なゲソ痕が採取されましたが、工事の搬入業者、銀行やビルの関係者など、不特定多数が出入りするようで、特定は困難だと思います」

伊丹は屋上の一角に目を向けた。鑑識係が、採取したゲソ痕シートを整理している。米沢の言う通り、シートはかなりの数のようだ。

「あの、これ、被害者の所持品ですよね」

別の鑑識係と話をしていた芹沢が、二人に歩み寄りながら鑑識袋を掲げた。中にはライターが入っている。

「これで百万に火を点《つ》けたんですかね」

「わかりませんが、被害者の指紋しかありませんでした」

――被害者が百万の札束に火を点けた？

伊丹は屋上を見回した。

「ここには金は落ちてなかったんだよな」

「はい。一枚も」

「ということは、火を点けてここから投げ捨てたってことか？」

「さあ……」

米沢が首を傾《かし》げる。

「ちょっと貸せ」

ひったくるようにして米沢の首から双眼鏡を取り上げると、伊丹は改めて屋上から身を乗り出し、真下に目を向けた。

死体の横で、三浦が何か言いながら手招きしている。

「オイ。なんか呼んでるぞ」

双眼鏡をずらすと、三浦の横にスーツ姿の若い男が立っているのが見えた。

見たことのない男だった。

男は三十歳前後だろうか、見るからにインテリで、女にモテそうな甘いマスクをしていた。

2

ひと目見ただけで、イケ好かない野郎だ、と伊丹は感じたが、男が「警視庁サイバー犯罪対策課の岩月《いわつき》」と名乗ると、眉間の皺をさらに増やした。

「サイバー犯罪対策課」は、インターネット上の詐欺、不正アクセス、名誉毀損《きそん》、著作権法違反など、近年増え続けるサイバー犯罪に対応するために生まれた組織だ。コンピューターやコンピューターネットワークの専門的な技能を有する警察官で構成されており、民間企業出身者も多数採用されている。

そのエリート商社マンのような雰囲気から、岩月は民間組だろうとすぐに見当がついた。アナログの叩《たた》き上げ刑事である伊丹にとって、もっとも苦手なタイプだ。

「コンピューター専門の捜査官さんが、コロシの現場になんの御用ですか?」

皮肉を込めて言ったが、岩月のとり澄ました表情は変わらない。

「実は、ある不正アクセスを追っていまして」

岩月は、スーツのポケットから一枚のプリントを取り出した。

受け取った伊丹は、思わず首をひねった。紙上には、半角で打たれた英語と数字・記号がほとんど切れ目なく羅列されている。

「なんです、これ」

老眼鏡をずり上げながら三浦が訊く。

「あちこちのサイトに投稿されたデータです。なんのデータなのかはまだわかりません。六月十三日に同時に投稿されたんですが、すぐに誰かが削除依頼を出したようで、今では見ることができません」

「何か犯罪に関《かか》わるデータかもしれないんですか?」

「その可能性もあると思って、不正アクセス容疑でこの一週間ずっと追っていました」

「投稿者は、ええと……、ジャスティス・イレブン、ですか?」

プリントの上部に表示されている投稿者名を芹沢が読んだ。『Justice11』と英語で記されている。

「接続記録から端末を割り出したんですが、接続した端末はバラバラで……。全《すべ》て違うIPアドレスと契約者名でした」

「どういうことだ?」

伊丹の口調に苛立《いらだ》ちが混じった。どんどんわけの判《わか》らない話になってきている。

「つまり、『ジャスティス11』は、個人の端末を何台も経由して投稿したんです」

「それは、身元を隠すため、ということか」

「そうでしょうね」

当たり前のことを訊くな、というような顔で岩月は答えた。その態度に、伊丹の眉間の皺がさらに深くなる。

「ただ、一週間かけて調べて、最終的には中山のパソコンに辿《たど》りつきました」

岩月は、担架に乗せられた死体に視線を送った。

「その中山が死体で発見されたと聞いて、驚きました」

「じゃあ、これは中山の銀行の情報ですかね」

三浦の問いに、

「かもしれません」

さらりとした口調で岩月が答える。

「不正アクセスで、銀行の情報をあちこちに流していた男が殺された」

伊丹が目を細める。

「どういうことだ」

最後の言葉は岩月に向かって言ったが、

「さあ……」

まるで興味のなさそうな態度で応《こた》えが返ってきた。

「じゃ、あとはよろしくお願いします」

軽く頭を下げ、踵《きびす》を返す。

「待て待て」

伊丹がその腕を取った。

「はい？」

怪訝《けげん》な顔つきで岩月が振り返る。

「はい？　じゃないよ。これから中山の家の捜索だ」

「そうですか。よろしくお願いします」

また歩き出そうとする。

「待てって」

今度は、伊丹は岩月の前に回り込んだ。

「あんたが追ってる、不正アクセスに繋《つな》がるブツだって出るかもしれねえだろ」

「その場合はあとで鑑識にうかがいます。お気遣いなく」

「あんたに気を遣ってないよ！」

伊丹が思い切りメンチを切る。岩月はムッとした表情だ。

険悪な雰囲気に、慌てて芹沢が二人の間に割って入った。

「その可能性があるなら、サイバー犯罪対策課の人にも立ち会ってもらったほうが……」

岩月に向かって媚《こ》びるように言うと、

「ね」

振り返り、伊丹に愛想笑いを向ける。

「でも、殺人事件の押収は僕の仕事じゃないし」

「あのさあ——。あんたも一週間この男を追ってたんだろ？」

伊丹は、プリントを岩月の目の前で振った。

「なら、なんで殺されたか気になるだろ」

「仰《おっしゃ》ってる意味がよくわからないんですけど」

「なんでわかんねえんだよ！」

「不正アクセスの被疑者を特定するまでが僕の仕事です。あとは被疑者死亡で送検するだけです」

「だけじゃねえだろ。人ひとり死んでんだぞ」

「殺人犯の特定はあなたがた捜査一課の仕事でしょ？」

「な——」

岩月に食ってかかろうとする伊丹を、今度は三浦が押しとどめた。

「もういい。じゃ、何か不正アクセスに繋がりそうなブツが出たら鑑識から報告させま――」

「いや！」

伊丹が遮る。

「お前みたいにやる気のねえ奴に、大切なブツは一切渡さねえ。全部捜査本部でもらう！」

「は？」

岩月は、唖然《あぜん》としたような顔でその場に固まった。すでに伊丹は背を向け、歩き出している。

「いや、ちょっと」

声をかけるが、伊丹の足は止まらない。

三浦と芹沢が、気の毒そうな顔で岩月を見た。

「どういう人なんです、あの人」

三浦は小さく肩をすくめた。

「まあ、ああいう奴なんですね」

苦笑いを浮かべながら伊丹に続く。

「立ち会ったほうがいいと思いますよ」

申し訳なさそうに芹沢が付け加える。

三人の後ろ姿が遠ざかる。

しばらくの間考えたが、大きくひとつため息をつくと、岩月も渋々あとを追いかけた。

3

——まったく……、なんで僕がこんなことに立ち会わなくちゃいけないんだ。

岩月彬《あきら》は壁際に立ち、中山のマンションを捜索する伊丹らの様子を眺めていた。都心に近いまだ新しい1LDKで、いかにも独身のエリート銀行マンが住みそうな部屋だった。

「中山さん、独身ですよね」

浴室から声が聞こえた。

「そのはずだ」

伊丹が答える。

首を伸ばして覗くと、開け放たれたドアを通して、洗面台を調べている芹沢の姿が見えた。鏡の下の歯ブラシ立てに、青い歯ブラシとピンクの歯ブラシが並んでいる。

「女がいたようだな」

リビングを調べていた三浦が、手袋をした手で女性用の通販雑誌を取り上げた。

「ただし、いっしょに住んでたわけじゃなさそうだ」

クローゼットの中を確認していた伊丹が続ける。

首をひねり、部屋の奥にあるクローゼットに目を向ける。確かに、中に掛かっているのは男物の服だけのようだ。

「うーん……」

唸《うな》り声に目を向けると、デスクの前に座っている米沢が渋い表情で首を傾げていた。デスクの上には白いノートパソコン。

「目ぼしい情報はありませんなあ」

残念そうな口調でつぶやく米沢の許《もと》に、岩月は、『ジャスティス11』の投稿データを手に歩み寄った。

「あの……、パソコンに、こういったデータは」

米沢に見せるが、

「いえ。ありませんでした」

即座に否定された。

——しかし、中山が『ジャスティス11』であることは間違いない。

「だとすると、消されたか、持ち去られたかですね」

「可能性はありますな」

「ふん」

鼻で笑うような声が背後で聞こえた。

「本当に、中山がジャスティスなんとかなのかね」

わざわざ後ろを通り過ぎながら、伊丹がつぶやく。

「この端末に侵入した形跡はありませんか？」

それを無視し、岩月は、今度はいくつかのＩＰアドレスが並んだ資料を見せた。

「『ジャスティス11』を追っていくと、中山のパソコンのひとつ前の端末がこれなんです」

その紙を受け取り、米沢がパソコンを操作する。ほどなく通信履歴が画面に表示された。

「あ」

それを見ていた米沢が声を上げる。

「確かに、これらにアクセスされた記録があります」

——よし。

岩月は心の中で快哉《かいさい》を叫んだ。これで繋がった。

振り返り、押収作業を続けている伊丹を振り返ると、

「やっぱり、中山が『ジャスティス11』でしたよ！」

大声で告げる。

伊丹の眉が吊《つ》り上がった。その肩を、まあまあ、というように三浦が押さえる。

「このパソコン、ウチで押収してもいいですか？」

再び伊丹に背を向けると、岩月が訊いた。

「あ、はい。あとで書類をもらえれば」

「米沢！　大切なブツをやる気のない奴に渡すな！」

伊丹が怒鳴ったが、もう相手にする気などなかった。

ノートパソコンを閉じ、小脇にかかえると、岩月は、

「必要な場合は、いつでもサイバー犯罪対策課に来てください。見せて差し上げますから」

さっきのお返しとばかりに、わざと背後を通りながら声をかけた。

「なッ！」

今にも岩月に跳びかかりそうな伊丹を、今度は芹沢が押さえつける。

「先輩、作業に集中しましょ」

「ていうか、あいつ、帰りやがったよ」

岩月はすでに玄関ドアを開けて外に出てしまった。

——今度会ったらタダじゃおかねえからな！

岩月の消えたドアに向かって心の中で喚《わめ》いたとき、

「おや、これは気になりますな」

米沢が声を上げた。

伊丹たちが振り返ると、米沢は、別の鑑識官と額を突き合わせるようにして、一枚の紙に目を落としていた。

近づいて見ると、指紋採取図のようだった。部屋のどこから指紋が採取されたかが記され、それぞれの指紋に番号がふられている。

「この指紋、この部屋で何かを探してたかのようです」

米沢は、図面上に描かれているデスクと書棚の辺りを指し示した。⑧⑨⑩⑪⑫——と、かなりの数の指紋がついているのがわかる。

「同一人物の指紋か？」

採取図を見ながら伊丹が訊いた。

「はい」

米沢がうなずく。

「位置関係からして、可能性は高いですな」

「中山さんの指紋じゃないんですね？」

芹沢が確認する。

すでに指紋の照合は終わっているらしく、米沢は、採取した指紋は中山のものではないと断言し、前科がないことも付け加えた。

「ここに出入りしてた女の指紋じゃないのか？」

三浦の問いに、

「いえ」

米沢が首を振る。

「こういった物についてた指紋とも違いました」

いつの間に調べたのか、テーブルの上に、ピンク色の歯ブラシや女性用通販雑誌が並べて置かれている。

「じゃあ、誰の……」

伊丹は部屋を見回した。

中山を殺した人間が、この部屋で何かを探した。それは間違いないように思える。だとしたら、『ジャスティス11』のデータが関係している可能性が高い。

とすれば——。

——当然あのイケ好かない野郎とまた顔を合わせることになる。

頭の中に、小馬鹿にしたような笑みを向ける岩月の顔が浮かぶ。

伊丹は音を立てて舌打ちした。

4

警視庁内に設置されているサイバー犯罪対策課に戻ると、岩月は、同じ対策課の小《お》田切亜紀《だぎりあき》と共に、早速押収したパソコンの分析に取りかかった。亜紀は岩月と同じ民間採用組で、歳《とし》も近いことから、最も近しい同僚だ。

パソコンの前に座ってキーボードを叩いていると、ふと伊丹の顔が浮かんだ。無能な警察官はこれまでにもたくさん見てきたが、あれほど低脳で短気で独りよがりの刑事には出会ったことがなかった。

眉間に寄った皺を思い出すだけで腹が立つ。

——ああ、クソ！

岩月は頭をかきむしった。

「どうしたんですか?」

いつもと違う岩月の様子に、横で作業をしている亜紀がたずねた。

「いや、別に」

軽く受け流し、笑顔を向ける。今は余計なことを考えている場合ではない。

無理矢理伊丹の顔を頭から追い払うと、岩月は再びパソコンに向かった。

作業はほどなく終わった。思った通りの結果だった。パソコンは『ジャスティス11』の端末に間違いない。

しかし、これで捜査が終了したわけではない。『ジャスティス11』こと中山雄吾が漏洩《ろうえい》した情報が、彼の勤める銀行のものかどうかの裏付けをしなければならない。そのためには、『東京明和銀行』に出向く必要がある。

またも伊丹の顔が浮かんだ。

――現場で会うようなことがなきゃいいけど。

課長への報告を終えて、浮かない顔で自分のデスクに戻って来た岩月に、

「なんか変ですよ、今日の岩月さん」

亜紀が声をかけた。

「いや、まあ……」

言葉を濁し、肩をすくめる。

「明日、また東京明和銀行の本店に行くんですか?」

「はい。流れたデータがそこのだったら、やっと送検です」

それでこちらの捜査は終了だ。あともう少しだ。

「でも、まさか殺されてたなんて……」

「おかげで捜査一課とからんじゃいましたよ」

岩月が苦笑いを浮かべる。

「しかも、ひとり性格に問題のある刑事がいて——」

またまた伊丹の顔が浮かんだ。

——もう我慢ならん。

誰かに話を聞いてもらわなければスッキリしそうになかった。亜紀を相手に、岩月は伊丹について悪口雑言を並べ始めた。

5

「かゆい!」

伊丹が激しく身体をよじった。

「ちょっと。指紋採取中です」

横にいた米沢が口を尖《とが》らせる。

鑑識課の部屋では、集めた証拠をもとに、細かい作業が行なわれている最中だった。

悪い悪い、というように手を上げると、伊丹は、

「誰かが噂《うわさ》してる」

周りを見回しながら言った。伊丹の場合、くしゃみではなく背中がかゆくなるのだ。

「どんな体質ですか」

ひとこと突っ込みを入れると、米沢は作業に戻った。

中山の鞄《かばん》についている指紋をシートに採取し、そのシートをスキャナーにかけ、パソコン画面に映し出す。

「お。ビンゴです」

米沢の言葉に、中山の所持品を調べていた三浦と芹沢も歩み寄る。画面では、中山の部屋で採取した「指紋⑧と⑫」が、スキャンした指紋と合致したことが示されている。

「中山さんの部屋を探っていた指紋が、中山さんの鞄からも出ました」

「中山さんの鞄と家に正体不明の指紋か……」

思案げな顔で三浦がつぶやく。

「被害者は誰かに調べられてたってことですか？」

芹沢の推理に、伊丹は眉をひそめた。

――やはり『ジャスティス11』のデータが関係しているのか。

そう考えざるを得ない。

「指紋っていえば、こっから指紋、採取できたか？」

ALS撮影した燃え残りの万札写真を、三浦が掲げる。

「はい」

パソコンの前から立ち上がると、米沢は隣のデスクで手早くスライドの用意をした。

万札写真の拡大映像が、デスクの上の大画面に映し出される。

「ちょっと見にくいですが、ここが一万円札です」

米沢は、レーザーポインターを使って札の部分を示した。

「で、この部分が封筒です」

次に、札の外側にある紙片を指す。

画面が切り替わった。複数の指紋が羅列され、それとは別に二つの指紋も表示される。

「万札からは複数の指紋、封筒からは二つの指紋が出ましたが、前科のある指紋はありませんでした」

封筒から採取された、「A」「B」と表示された二つの指紋が拡大された。

Aの指紋は、日本人には少ないとされる、弓なりの線だけで構成された「弓状紋」。Bは、日本人の約半数に見られる、円形または渦巻状で構成された「渦状紋」。明らかに別物だ。

「封筒から出た二つの指紋A、Bは、その形状から同一人物ではなく、二人分の指紋だと思われます」

米沢は、今度は一万円札の指紋から「弓状紋」を選んだ。すぐにAとの一致点が照合され、二つの指紋が合致したことが示される。

「封筒から採取したこのA指紋は、一万円札にもありました。しかし、Bの指紋は一万円札にはありませんでした。このBは被害者、中山さんの指紋でした」

Bの指紋の横に中山の顔が映し出される。

「つまり、この札束は、Aの指紋の人物から中山さんが受け取った物だと推測できます。中山さんは、封筒の中の札束には一度も手をつけることなく火を点けた。なぜ被害者が札束を燃やしたのかは謎《なぞ》です」

米沢の説明に、三浦と芹沢が困惑した表情で顔を見合わせる。

――何がどうなってやがるんだ。

画面に目を据えたまま、伊丹は顔をしかめた。

第二章 策略

1

「では、早速本題に入らせていただきます」

衆議院議員の戸張弘成《とばりひろなり》が、バッグから冊子を取り出し、テーブルの上に置いた。

「海外からのサイバーテロを防ぐ法律――。片山《かたやま》先生が数年前から提出されている法案です」

片山雛子《ひなこ》は、わずかに眉をひそめながら表紙に目を落とした。

『改正通信傍受法』。そう記されている。

高級フレンチレストランの個室には、今は戸張と雛子、それに雛子の女性秘書の三人しかいない。三人の前には前菜が置かれているが、まだ手はつけられていなかった。

戸張は四十代半ば。女性受けするその端正なルックスと、顔に似合わぬ大胆な言動と行動力で、政界のホープと目されている。総理補佐官というポジションにいる雛子も一目置いている議員だが、こうして一対一で向き合うのは初めてだった。

「この法案が通れば――」

雛子の顔を真っ直《ます》ぐに見つめながら、戸張が続ける。

「インターネットの匿名性が完全に無くなり、誰が何を検索したのかすら政府が丸裸にできます」

「そういうご批判があり、この法案が通らない」

内心うんざりしながら、雛子が応える。その手の批判は、これまでにも官民問わずあちこちから聞かされてきた。

「自覚しているつもりです。今日もそういうお話なら――」

まだひと口も食べていないにも拘《かかわ》らず、雛子は、それが終了の合図であるかのようにナプキンで口を押さえた。

「せっかくのお料理も美味《おい》しくいただけそうにありませんわ」

にっこりと微笑《ほほえ》み、席を立つ。

「日本政府へのサイバー攻撃、最近もありましたね」

ドアに向かって一歩踏み出した雛子の背中に、落ち着いた口調で戸張が声をかけた。

振り返ると、戸張は余裕の表情で椅子《いす》の背にもたれていた。その口許には、女性有権者を虜にする魅惑の笑みが浮かんでいる。

「どうぞ」

戸張は、今立ったばかりの椅子を指差した。

「先生にとって悪い話ではありません。ご安心ください」

一瞬考えたが、雛子はまた席に戻った。どうやら法案への批判ではないらしい。

——では、なんだろう。

「この前は、参院と衆院、外務省の機能が、一時ストップしました」

そう話す戸張の顔からは笑みが消えている。

「ええ。非常にセキュリティが甘い」

だからこの法案を作ったのだ。

「日本政府と回線を繋ぐのは不安だと表明している国もあり、先生のお怒りはもっともだと思います」

戸張は、テーブルの上に身を乗り出した。

「つきましては、できるだけ近々に、勉強会を開いていただけないでしょうか」

雛子はわずかに目を見開いた。そんな話を戸張から持ちかけられるとは思ってもいなかった。

「ありがたいお話です」

勉強会の開催は、法案成立への大きな一歩になる。しかし――。

雛子の胸に警戒感が湧《わ》いた。

――戸張ひとりでこんな提案ができるはずはない。誰かがバックで動いている。

「勉強会へは、私の金融委員会の数少ないツテで、金融関係の人間も参加させたいと思っています」

戸張が付け加えた。

「では、財務省や金融庁の方も参加されるんですね？」

「ええ。そのつもりです」

――なるほど。

おぼろげだが、バックについている組織の姿が浮かんだ。

――これは面白くなりそうだ。

戸張に向かって微笑みかけ、ナプキンを広げて膝《ひざ》に掛けると、雛子は前菜に手を伸ばした。

「どういう風の吹きまわしだと思う？」

顔は前方に向けたまま、雛子は隣に座る女性秘書に声をかけた。

「財務省の族議員が、これの勉強会だなんて」

片手には戸張から渡された冊子を持っている。

レストランの駐車場を出た公用車は、夜の都心をゆっくりと走っていた。

「できるだけ財務省に有利な法案にするつもりでは？」

秘書からすぐに応えが返ってきた。二十六歳とまだ若いが、能力は高い。戸張との会食に同席させたのも、ことによってはすぐに動いてもらう必要を感じていたからだった。

「彼……。私が言った『金融庁』を否定しなかったわね」

「あ」

秘書がわずかに腰を浮かす。

「では、先生の法案に興味を示したのは、金融庁」

――まず間違いない。問題は、どうして金融庁が突然法案に興味を示したかだ。

「金融関係で、例えば、そうねえ……。情報漏洩などの不備がなかったかどうか、調べてもらえる？」

「特にネット関連ですね。かしこまりました」

さすがに理解が早い。調査の結果は数日中に出るだろう。

――鬼が出るか、蛇《じゃ》が出るか。

雛子は口許に薄く笑みを浮かべた。

2

組織犯罪対策第五課課長の角田六郎《かくたろくろう》は、帰り支度をしながら特命係の部屋に目をやった。明かりはなく、誰もいない。

「しかしまあ、手伝ってほしいときに休暇中なんだよな」

やれやれ、というようにため息を漏らす。

神戸尊《かんべたける》が去った今、特命係は杉下右京《すぎしたうきょう》ひとりになっているが、その右京が珍しく長期休暇中なのだ。明日は大規模な摘発を行なうことになっており、猫の手も借りたいところだったのに。

「まったく、気楽なもんだよ」

思わず愚痴が出る。

「杉下警部の休暇って、想像つきませんね」

部下の大木《おおき》が、手にしていた毛布をソファの上に広げながら言った。

「今頃ロンドンだ」

角田の応えに、やはり毛布を抱えた小松《こまつ》が、

「ロンドン?」

と素《す》っ頓狂《とんきょう》な声を出す。

「なんで?」

「知らないよ」

言いながら、角田はあきれた表情で二人を見た。

「ていうか、お前ら、ホントに泊まるのか?」

「どうせ帰っても気が立って眠れないんで」

大木と小松は、揃《そろ》ってホワイトボードに顔を向けた。

『貴船《きふね》組企業舎弟』『桂井《かつらい》企画』『覚せい剤』『一斉摘発』——。そんな文字が勇ましい字体で書き殴ってある。

久し振りの大捕り物だ。大木と小松が武者震いする気持ちは理解できる。

「縄張り広げてシャブ買い占めやがって」

怒りのこもった口調で大木が吐き捨てる。

「なんで急に羽振りよくなったんでしょう、このヤクザ」

小松は、納得がいかない、という顔つきだ。

「どうせ明日の一斉摘発でわかるよ」

じゃお先、と声をかけると、角田は踵《きびす》を返した。

部屋を出るとき、ロンドンで優雅な休日を送っているはずの右京の顔が、ちらりと脳裏に浮かんだ。

3

翌朝――。

芹沢は、血相を変えて捜査一課・強行犯一係のフロアに飛び込んだ。

一係は、課内の庶務を担当する部署だ。デスクについている全員が、前屈《まえかが》みになりながら、電卓を打ったり、帳簿をつけたり、パソコンを操作したりしている。

真っ直ぐ陣川《じんかわ》のデスクに向かうと、芹沢はいきなり、

「緊急事態です」

と告げた。

朝一番で庁内のATMに行ったのだが、何度やっても金が引き出せないのだ。こうなったら、立て替えている経費をすぐに払ってもらうしかない。

芹沢の必死の説明にも、陣川は電卓から顔すら上げない。

「だから！」

芹沢は耳元で大声を上げた。ようやく陣川が目を向ける。

「緊急事態なんです。金、おろせないんです」

「『東京明和銀行』ですね」

陣川は、また電卓を打ち始めた。

「今日中に精算してくんないと、一文無しになるの！」

「そういう人、今日二十人目です」

取り付く島もない。

「じゃ、俺の領収書、精算いつ終わんですかッ」

「一週間後を予定していま――」

「無理無理」

芹沢は顔を歪《ゆが》めた。

「飢え死ぬ」

「優しい先輩に融通してもらってください」

「三浦先輩は妻子持ちだし、伊丹先輩は優しくない」

「とにかく、ズルはいけません。順番です」

「そこをなんとか、陣川さん」

芹沢は手を合わせた。拝みながら頭を下げる。

「刑事になれるよう推薦するから」

「えッ！」

これには反応した。身体ごと芹沢に向き直る。しかし、すぐにムッとした表情にな
った。

「――て、権限もないのに言わないでください」

再びデスクに向き直る。その背中から、完全拒否のオーラが漂ってくる。

「陣川さ～ん……」

芹沢はべそをかいた。

4

街頭のオーロラビジョンに、『東京明和銀行』支店での今朝の混乱の様子が映し出された。窓口の行員たちは平身低頭し、ＡＴＭコーナーでは、キャッシュカードを手にした客が警備員ともみ合いになっている。

〈大手都市銀行『東京明和銀行』の全国の本支店で、昨日の窓口終了後からＡＴＭやインターネットで入出金ができない状態であることがわかりました〉

映像にアナウンスがかぶった。

〈親会社『TMBCフィナンシャルグループ』は昨日、内国為替取引に関するシステム障害が原因の可能性が高いと発表しました。今のところ復旧の目途は立っておらず――〉

「なんか最近、銀行のシステム障害、多いですね」

八重洲《やえす》署の刑事・渡辺《わたなべ》が、オーロラビジョンを見上げながら言った。

「ったく、コンピューターなんかに頼るからだ」

うんざりした顔で伊丹が応える。

捜査は通常、所轄署の刑事と本部の刑事がコンビを組んで行なう。中山の転落死事件は八重洲署が管轄で、今回は渡辺が伊丹のパートナーに指名されていた。

「行くぞ」

伊丹が歩き出す。二人は中山の勤務先へ聞き込みに向かう途中だった。『東京明和銀行』本店は目の前だ。

店頭フロアは、詰めかけた客でごった返していた。拡声器を持った行員が、落ち着いてください、と呼びかけている。

〈『NGA協和銀行』で振替出金できますが、限度額がありまして――〉

必死で説明しようとするが、口々に喚く客の声にかき消されてしまう。

客を掻き分けて中に進もうとして、伊丹は、一番会いたくない男が反対側から近づいて来るのを目の端に捉《とら》えた。

——あの野郎。

小さく舌打ちし、思い切り睨《にら》みつける。岩月も伊丹に気づいた。一瞬眉をひそめたが、軽く会釈してそのまま行き過ぎようとする。

「おい」

伊丹が呼び止める。

「殺人には興味なかったんじゃないのか？」

足を止めると、岩月は、

「不正アクセスの裏付けです」

なんの抑揚もない口調で答えた。

愛想の欠片《かけら》もなく言い合う二人の顔を、きょとんとした表情で渡辺が見比べている。

伊丹は、先に立って歩き出した。

仕方がない、というように肩をすくめ、岩月があとに続く。

渡辺も慌てて二人を追いかけた。

システム部システム企画課の会議室に通されると、伊丹と岩月は、渡辺を真ん中にして椅子に座った。渡辺は、居心地悪そうに尻をもぞもぞと動かしている。

ほどなく、五十代半ばに見える行員が入って来た。

「お待たせしました」

その顔は青ざめているように見える。

「朽木《くちき》です」

頭を下げ、三人それぞれに名刺を渡す。『システム企画室長　朽木貞義《さだよし》』。

「殺された中山さんの上司ということですね？」

渡辺が確認した。

「はい」

頬《ほお》を引きつらせながら朽木が答える。

「あの……、中山は本当に殺されたんでしょうか」

「可能性は高いと思ってください。では、早速ですが――」

先を続けようとする伊丹を遮るようにして、岩月が『ジャスティス11』のデータを朽木の前に置いた。

「あ……」

朽木の目が驚きに見開かれる。

「心当たりがあるんですね？　もしかしてこれは――」

「この銀行の情報ですか？」

今度は伊丹が割り込んだ。

「は、はい」

「どのようなデータでしょうか」

岩月だ。

「何か、言えないような極秘の——」

「いえ、あの……」

朽木がデータから顔を上げる。

「対策マニュアルです」

「対策マニュアル？」

伊丹と岩月が声を合わせる。

「ええ。システム障害が起きたときの」

「システム障害……」

睨み合っている伊丹と岩月に気兼ねしながら、渡辺が口を挟んだ。

「現在こちらで起きてるような？」

「ええ」

「この数字とアルファベットが？」

伊丹だ。

「例えば、当行で入金できなくなった分を、どの銀行で振り替えるか、とか、そういう……」

「つまり——」

目で伊丹を制しながら、岩月が口を開く。

「これはシステム障害が起きたときの、全銀システムのシミュレーションデータ」

「ゼンギンシステム?」

伊丹が繰り返す。

「ああ。全銀システムというのは——」

「説明は結構です」

岩月が手を上げ、朽木を止めた。

「わかりますから」

伊丹の顔が歪む。

「あの、中山のパソコンにデータがあったなら、全部返してほしいんですが」

明らかに朽木は焦っている。

「ウチの銀行のデータなので——」

「これはネットに流れていたのを復元したものです」

岩月がデータを指差す。

「ということは、中山さんならこのデータは手に入るんですね？」

「ええ。このデータを作ったひとりですから」

「本当にこれはただのマニュアルですか？」

朽木の顔色をうかがいながら、伊丹がたずねる。

「は？」

「いえ。ただのマニュアルを、なんで中山さんはネットに流したのかと。それも、あちこちに」

「さあ……」

「あの――」

伊丹と同じく、岩月も朽木を観察するような目つきになっている。

「ネットに流れたこのデータ、頻繁に削除依頼が出されていたんですが」

「え？」

「え？　銀行が出した依頼じゃないんですか？」

朽木はそわそわし始めた。

「もしかして、この情報が流れてたの、今知りました？」

伊丹が上目遣いに睨む。

「は、はい」

朽木はもう目を合わせようとしない。膝に置いた手に視線を落としている。

「このマニュアル、全部提出してもらえます？」

伊丹の要求に、えッ、と言ったきり朽木は絶句した。

「何か？」

「な、中山が殺されたことと、関係あるんでしょうか」

「それを調べるためにも、お願いします」

「しかし……、ただのマニュアルですよ」

「でしたら、提出してもらえますよね」

朽木は唇をなめた。目が泳いでいる。

——何かある。

伊丹と岩月は、同時に確信した。

5

「提出してもらうデータ、先《ま》ずこちらに渡してくださいね」

廊下の片隅にある応接スペースで向かい合って座ると、まず岩月が口を開いた。

「不正アクセスの送検が終わったら、すぐ捜査本部に渡しますから」

しかし、伊丹は応えない。心ここにあらず、といった顔つきで何事か考え込んでいる。

「聞いてます？　伊丹刑事？」

「聞いてるよ」

目を細めて岩月を睨む。

「どうも納得できねえ」

「何がです？」

「お前ら専門の捜査官でも、一週間かかったんだよな」

「はい？」

「情報をネットに流したのが中山だってわかるまで」

「え？」

「なのに、あの朽木って上司、情報を流したのが中山だって知ってた」

「ああ……」

そういえば――、と岩月は思い出した。

朽木は確かに、

〈中山のパソコンにデータがあったなら、全部返してほしいんですが〉

と言っていた。

「なのに、流れたのを今まで知らなかったと言いやがった」

〈ただのマニュアルを、なんで中山さんはネットに流したのかと。それも、あちこちに〉

伊丹がそう疑問を口にしたとき、朽木は、

〈さあ……〉

としか応えなかった。

データが流れていたのを今まで知らなかったのなら、もっと驚くはずだ。

つまり、朽木は、中山が自分のパソコンを使ってデータを流していたのを、とっくに知っていたということだ。

岩月は眉をひそめた。

「ということは……、朽木は嘘《うそ》をついている」

「だろうな」

伊丹がうなずく。

「なんで隠すんだ。まさか、これが殺害の動機か……？」

「流出したデータを巡っての殺人事件……」

――それほど極秘扱いのデータということか？

二人が同時に黙り込んだとき、

「データ、提出してもらいました」

朽木といっしょに別室に行っていた渡辺が、銀行の封筒を手に戻って来た。

岩月が立ち上がる。

「あ、じゃあ、先ず我々が」

封筒に手を伸ばすが、先に奪ったのは伊丹だった。

「待て」

「待てって……、どうするつもりです」

「これが動機なら、ただのマニュアルじゃないはずだ」

封筒から白いディスクを取り出し、岩月の目の前で振る。

「絶対に何かある」

岩月は小さく息をついた。

――何かありそうなのはわかっている。だから分析が必要なのだ。

「そこまで言うなら、捜査二課に頼みましょうよ」

「捜査二課？」

「漏洩されたデータがただのマニュアルか、殺されるほどの情報か、二課の財務捜査官に分析してもらえば——」

「冗談じゃない。それでもし何か出たら、事件自体を二課に持ってかれちまうだろ」

「持ってかれるって、くだらない縄張り意識ですね」

「事件の本筋を持ってかれたら、殺しの捜査がしにくくなるんだよ。あんたは現場を知らないだけだ」

「財務捜査官は、僕と同じ専門捜査官です」

「だから、なんだ」

「あなたがた現場の人はいつもそうです。我々専門捜査官を道具として使うだけ使って、協力しようって気が——」

「ああ。あんたと協力する気はないね」

ディスク入りの封筒を手にしたまま、伊丹は岩月に背を向けた。

「ちょっと。そのデータ、先にこっちに——」

歩き始めた伊丹のあとを、慌てて岩月が追う。

応接スペースを出たところで、見覚えのある顔が向こうからやって来るのが見えた。

三浦と芹沢だ。

「まーたケンカしてんのか」

三浦はあきれ顔だ。芹沢は明らかに笑いをこらえている。

二人に向かって、いいところに来た、というように軽く手を上げると、

「おい、これ、捜査本部に届けてくれ」

伊丹はいきなり渡辺に封筒を押しつけた。

「え？」

「いいから早く」

「あ、はい」

戸惑いながらも渡辺が受け取る。

——何を勝手なことを。

「あ、ちょっと」

渡辺を止めようとする岩月の腕を、伊丹が摑《つか》んだ。凄《すご》い握力だ。

「ちょっと……」

腕を振りほどこうともがく岩月を無視し、

「なんの捜査だ」

伊丹が芹沢に訊く。

「被害者の両親に聴取したら、恋人が同じ銀行にいるって聞いたんで」

「恋人か……」

空いている手で顎《あご》をさすり、小さくうなずく。

「よし。その恋人、聴取すんなら俺も混ぜてくれ」

「いいけど」

三浦は、岩月にちらと視線を送った。

「そっちの持ち場は大丈夫か？」

「ああ」

ようやく伊丹が腕を離す。

「こっちは終わった」

渡辺の姿はもう消えていた。

「いや、ちょっと——」

腕をさすりながら、岩月が三人の顔を見回す。

「こっちはまだ話が——」

「じゃあな」

伊丹はひらひらと手を振った。

「じゃあな、って……」

「あ。なら、いっしょにどうですか？」

愛想笑いを浮かべながら三浦は誘ったが、

「殺人捜査は僕の仕事じゃありません」

岩月はきっぱりと断った。

「てめえ、まだそんなことを――」

怒りの表情で言いかけた伊丹を無視して踵を返すと、さっさと歩き出す。これ以上低脳暴力刑事といっしょにいるのはまっぴらだった。

――専門捜査官をなめてる。このままじゃ済まさない。

伊丹の強面《こわもて》が泣きっ面に変わるところを想像しながら、岩月は足早に『東京明和銀行』本店をあとにした。

6

――刑事をなめてやがる。

岩月のふやけた顔を思い出し、伊丹は舌打ちした。

「ちょっと先輩、来ましたよ」

脇腹を芹沢がつつく。顔を上げると、銀行の制服に身を包んだ、三十代前半に見える清楚《せいそ》な感じの女性が、銀行本店内にあるカフェスペースに入って来るところだった。

「法人営業部」に所属する麻生美奈《あそうみな》。中山の恋人だという。上司に頼んで、このカフェで事情を聞くことになっていた。

伊丹、三浦、芹沢が揃って立ち上がり、丁寧に一礼する。

美奈は、一瞬戸惑ったような表情を浮かべたが、

「麻生です」

名乗りながら頭を下げ、三人の前に腰を下ろした。

お忙しいところをどうも——、とにこやかに挨拶《あいさつ》すると、三浦はまず中山の顔写真をテーブルに置いた。

「ご存じですよね」

「はい」

写真に目を落としたまま、美奈がうなずく。

「交際されていたとか」

「はい」

「どのくらい」

「二年……、ぐらいでしょうか」

「亡くなったのは、もちろんご存じですよね」

写真に顔を向けたまま、苦しげに目を閉じる。

「まさか、あんなところから落ちるなんて」

「殺された可能性があります」

美奈は初めて顔を上げた。

「殺された？」

大きな黒い目が見開かれる。

「間もなく発表されます」

その表情が固まった。

本当に驚いたように、伊丹には見えた。

「あの、こちら、見たことは？」

伊丹が『ジャスティス11』のデータのプリントを目の前で広げると、美奈の目が動いた。

「なんの、データです？」

「この銀行のマニュアルだそうです」

三浦と芹沢が、同時に伊丹に顔を向けた。さっきの朽木とのやり取りを、二人にはまだ話していない。

「システム障害が起きたときのマニュアルだそうです。中山さん、これをネットに流していたようです」

伊丹が説明すると、明らかに美奈の顔色が変わった。

「心当たりがあるんですね？」

言葉は返ってこない。うつむいて唇を噛《か》み、薄く目を閉じる。何かを思い出そうとしているように見える。

「麻生さん？」

「はい……」

伊丹の呼びかけに、ようやく顔を上げた。

「システム障害の対処マニュアルなら、私がいる法人営業部では見る機会はありません」

「いや。しかし、中山さんは自宅のパソコンを使って――」

「見たことありません」

きっぱりとした口調で言う。

さっきまでとは明らかに違う、取り付く島もない態度に変わっている。

それからは、繰り返し質問しても、美奈は「知らない」と繰り返すだけだった。結局、有益な情報は何も引き出すことができなかった。

仕事があるから、と席を立った美奈の背中を見ながら、

「恋人なのに、なんかちょっと冷たいですね」

伊丹と三浦に向かって芹沢が囁《ささや》いた。

「事件に巻き込まれたくないのかもしれないな」

ため息混じりに三浦が続ける。

「だとしたら、イケ好かない女だな」

伊丹は渋い顔つきだ。

「残念ですね。ルックスは先輩好みなのに」

次の瞬間、伊丹の平手が後頭部に飛んだ。いてて、と言いながら芹沢が頭を押さえる。

「あの女、何か隠してる」

ひとりごとを言うようにつぶやくと、伊丹は立ち上がった。

7

ひどくモヤモヤした気分だった。

朽木から渡されたというあの白いディスクには何が書かれているのか、早く調べてみたかった。しかし、今ディスクは捜査一課の手にある。

——仕方がない。

岩月は、やれることから手をつけようと決めた。

サイバー犯罪対策課に戻ると、岩月は真っ直ぐ課長のデスクに向かった。九条《くじょう》課長は、自分のパソコンでデータ検索の真っ最中だった。

「課長」

頭上から声をかけられ、九条がパソコンの画面から顔を上げる。

「どうした？」

「これなんですが」

岩月は、『ジャスティス11』のデータのプリントを見せた。

「この削除依頼を誰が出してたのか、調べたいんですが」

「『東京明和銀行』じゃないのか？」

「違うと言ってました」

岩月は、『東京明和銀行』本店での朽木とのやりとりをかいつまんで説明した。

話が終わると、九条は難しい顔で腕を組んだ。

「システム障害マニュアルだと、先方は供述してるんだよな」

「ええ。でも捜査一課は疑ってるようです」

正確に言うと、一課で疑っているのは、今のところ伊丹だけだが――。

「岩月君はどう思ってる」

九条が訊いた。

わずかに躊躇《ちゆうちょ》したが、岩月は、

「捜査二課に分析してもらえないでしょうか」

思い切って言った。

「疑ってるんだな」

「はい」

「そうか……」

九条は少しだけ考えたが、すぐに岩月に向かって深くうなずいた。

「いいだろう。中園《なかぞの》参事官に相談してみる」

「ありがとうございます」

これで無益なトラブルが起きないで済む。上からの命令なら、伊丹も逆らえないだろう。

一礼をして九条のデスクを離れると、

「小田切さん」

自分のデスクでパソコンに向かっていた亜紀に声をかける。

「ネットから拾ったコレ、まとめてもらえますか？」

手にしていたプリントを掲げて見せると、

「あ、もうしてあります」

にこやかに応え、白いフラッシュメモリーを差し出す。

「さすがですね」

ものわかりが悪く融通の利かない刑事といっしょにいたせいか、この素早い仕事振りがなんとも心地よい。

――こっちはこっちの仕事をするだけだ。

亜紀からフラッシュメモリーを受け取ると、岩月は自分のパソコンを立ち上げた。

8

サイバー犯罪対策課の九条課長から相談を受けた中園は、フラッシュメモリーと半角英数データのプリントを持って、すぐに内村《うちむら》刑事部長の許に向かった。

一瞥《いちべつ》しただけでデスクの上にプリントを投げた内村は、

「なんだ、これは」

不機嫌な顔で中園に訊いた。

九条から聞いたまま、中園が事情をかいつまんで説明する。

「それを、二課で分析してほしいそうです」

もう一度プリントを取り上げて見ると、内村は顔をしかめながら再び放り投げた。

「八重洲署管内の殺人と関係あるのか？」

「かもしれません」

「ふうむ……」

小さく唸り、難しい表情のまましばらくの間考える。

やがて内村は、唇の端を吊り上げて笑った。

「今後、殺人捜査にサイバー対策課の助けが必要になるかもしれん。今のうちに売れる恩は売っておけ」

一課の捜査に二課を巻き込むことでいらぬ混乱を招かないだろうかと、中園はわずかに危惧《きぐ》を抱いていた。

しかし、刑事部長の命令には逆らえない。

「はい」

深々と一礼すると、中園はフラッシュメモリーを手に刑事部長室をあとにした。

第三章　疑　惑

1

雑居ビルの前で車を停《と》めると、角田はじめ組対五課のメンバーが次々に外に躍り出た。

『桂井企画』の事務所は二階にある。

「行くぞ！」

角田の号令と同時に、大木、小松らが、ビルの狭い階段を駆け上がる。

ドアを開けて飛び込むと、不意をつかれたのだろう、鞄《かばん》から金庫に覚せい剤の袋を移したり、別の金庫から札束を取り出したり、帳簿をつけたりしていた構成員らが、一斉にぎょっとした顔で振り返った。

「動くな、警察だ！」

小松が警察バッジを頭上に掲げる。

「はい、手を止めて」

角田が広げたのは、捜索差押令状だ。

「携帯、パソコン触るな！」

大木が大声で命令する。

一瞬啞然《あぜん》とした構成員たちだったが、次の瞬間、思い出したように抵抗を始めた。

唸《うな》り声を上げながら捜査員に殴りかかる。それを投げ飛ばし、踏みつける。

花瓶で頭を殴られた捜査員が、流血しながらもその構成員を組み伏せる。

後ろから羽交い締めにした構成員の腹に、捜査員がパンチをめり込ませる。

「はい、閉めない閉めない」

大混乱の中、角田が二つの金庫の前に進み出た。

「お前、ちょっと邪魔」

怯《おび》えた顔の構成員の首根っこを摑《つか》んで引き離し、閉めかけた金庫の扉を開く。

「お。想像以上に買い占めてるね」

金庫の中には、大量の覚せい剤の袋が詰め込まれている。

「よし、お前でいい」

再び首根っこを摑むと、角田は構成員をデスクの前に突き出した。

「いっしょに確認しろ」

動くな、というように睨《にら》みつけながら、金庫から袋をひとつ抜き出し、次に背広のポケットから携帯型の覚せい剤検査チューブを取り出す。

チューブ内の検出試薬は、日本で乱用されている覚せい剤、メタンフェタミンに反応する。

「いいか。これが青くなったら覚せい剤だ」

角田は、袋の中の白い粉をチューブに入れ、それを折った。

観念したのか、構成員が目を閉じる。

「はい。十三時六分。覚せい剤」

チューブが青くなったのを確認し、角田は宣言した。それが合図だったかのように、構成員たちは抵抗を止《や》めた。次々に手錠をはめられ、事務所の外に連れ出されて行く。

「やれやれ……」

嵐《あらし》が去ったあとのような事務所の中を見回しながら、角田が息をついたとき、

「課長」

奥の部屋に行っていた小松が呼んだ。

見ると、中からひとり男を引っ立てて来る。

「ちょっとこの部屋、見てください」

小松が、今出て来たばかりの奥の部屋に顎《あご》をしゃくった。

金庫の前から離れ、開け放たれたドアから中を覗《のぞ》く。

「あれま」

角田は、眼鏡の奥の目を見開いた。

「なんだこりゃ、凄《すご》いね」

部屋に並んだデスクそれぞれに、パソコンと大型のモニターが置かれていた。画面には、株価や為替の指標が蠢《うごめ》いている。

まるでこれは――。

「トレーディングルームだそうです」

小松の説明に、半ば啞然としながら角田はうなずいた。

2

『桂井企画』のトレーディングルームにいたところを連行した男は、神林直樹《かんばやしなおき》、と名乗った。年齢は三十三歳。元は『村岡証券』にいたという。

警視庁組対五課の取調室で向き合っていた角田は、

「へえ」

と驚きの声を上げた。

「『村岡証券』にいたの。大企業じゃない」

疲れ切っているのか、神林は能面のような顔でうつむいている。

「そこを辞めて、なんでヤクザに雇われてんの」

「引き抜かれて……。暴力団だなんて知らなかった」

「でも、知ったあとも、抜けなかったってことだよね」

「抜けられなかったんです。脅されて……。損失を出すと何されるかわからないから、儲《もう》けるのに必死で……」

「じゃ、その恐怖のおかげかな」

角田は、デスクに置いた何冊もの帳簿を神林の目の前に押し出し、付箋《ふせん》のついたページを開いた。

「一日に何億も儲けた日があるね」

神林は帳簿から目を逸《そ》らした。

「おかげで、『桂井企画』は君を引き抜いてから急に羽振りが良くなった。覚せい剤を買い占めようとするほどね」

言いながら、帳簿のページをめくり続ける。

「おかげで我々の目に留まっちゃったけどね。しかし、よくこんなに儲けられたね。どうやったの」

神林はそっぽを向いている。簡単に口を割る気はないらしい。

「さっき逮捕した構成員から話を聞いたんだけど、関東貴船組の情報網は凄いんだって、自慢してたよ」

神林の表情が動いた。

「色んな業種の関連組織が無数にあって、新規事業や企業買収、一般投資家じゃ知りえない情報が入ってくるんだって？」

呼吸が荒くなっているのがわかる。

「これって、インサイダー取引じゃないの？」

しかし、口は開かない。また元の能面のような顔に戻った。

――すぐにはゲロしそうにないか。

角田は帳簿から手を放し、険しい表情で腕を組んだ。

結局神林は完全黙秘を貫いた。

いったん取調べを打ち切ると、角田はサイバー犯罪対策課に向かった。あまり馴染《なじ》みのない部署だが、今回のような場合は役に立つ。証言が得られない以上、外堀から埋めて攻めるしかない。

対策課では、捜査員のほとんどがデスクのパソコンに向かっていた。角田がフロアに入っても顔も上げない。

「九条課長」

課長のデスクの前で呼ぶと、ようやく九条が気づいた。パソコンを打つ手を止め、軽く会釈する。

短く挨拶《あいさつ》を交わすと、角田は早速、今日行なった強制捜査の様子から、これまでの取調べ状況についてざっと説明した。

「で、インサイダー取引かどうか、はっきりさせるために――」

話を続けながら、手にしていた『桂井企画』のトレーディングルームの写真をデスクの上に広げる。ズラリと並んだパソコンと、その画面に浮かぶ株価や為替の指標が写っている。

「ほう。こりゃ凄い」

写真を手に取り、九条が驚きの声を上げる。

「でしょ」

「暴力団が、これを？」

元『村岡証券』にいた証券マンが関《かか》わっている、と説明すると、九条は納得したようにうなずいた。

「で、ここ、調べてもらえないですかね」

デスクに身を乗り出して角田が頼んだとき、

「お。らしくないところで会いますね」

背後で聞き覚えのある声がした。

振り返ると、伊丹だった。手には白いディスクを持っている。

「そりゃ、こっちのセリフだよ」

角田は苦笑いを返した。

「人殺し専門がなんの用だ」

「最近の殺人捜査はハイテクなんですよ。じゃ」

伊丹は部屋をどんどん奥に進んで行く。その背中を目で追っていると、

「角田課長」

またも聞き覚えのある声がした。

まさか、と思いながら再び振り返る。

「大河内《おおこうち》監察官」

庁内で一番不意に呼びかけられたくない人物だ。

俺何か悪いことしたかな、と一瞬考え、大丈夫だ、とすぐに思い直した。

「なんですか、こんなとこまで」

角田が訊《き》くと、ちょっと待て、というように目で合図し、

「角田課長に用があるのですが、いいですか？」

大河内は、まず九条に声をかけた。

「緊急なんですが」

「あ、どうぞ」

九条が応《こた》える。

「この部屋の分析はお引き受けしました」

角田に向かって言い、デスクの上に広げた写真を集め始める。

「あ、すいません。じゃ、お願いします」

九条に頭を下げながら横目で大河内をうかがう。鬼の監察官は、相変わらずのポーカーフェイスだ。

何事か、と伊丹がこっちを見ている。

大河内がさっさと歩き出す。伊丹に向かって小さく肩をすくめると、角田もあとに続いた。

3

「千客万来だな」

岩月のデスクの前で、伊丹はつぶやいた。

――それにしても、首席監察官が組対五課の課長に緊急の用件て、いったいなんだ？

角田課長何かやらかしたか、などと考えながら、大河内と角田の後ろ姿を見送る。

二人の姿が部屋から消えると、伊丹はデスク越しに岩月を見下ろした。

「なんか用ですか」

デスクの向こうに座っている岩月は、露骨に不機嫌な顔を向けた。

「用があるから来たんだよ」

負けずに真《ま》っ直《す》ぐ睨みつけながら、伊丹が白いディスクを差し出す。

「被害者の上司が提出したマニュアルだ」

「え？」

岩月は驚きに目を見開いた。

「捜査本部に持って帰らせたんじゃなかったんですか？」

「調べてほしいんだよ、この中身を」

「僕に？」

「ああ」

いくらか気の抜けたような顔で伊丹を見ると、岩月は、

「ま、そういうことなら。お預かりします」

手を伸ばしてディスクを受け取った。

「さっきは僕も言い過ぎたと後悔していました。すいませ——」

「俺は言い過ぎたと思ってないし、後悔もしてねえ」

伊丹は鼻先で笑った。岩月が顔をしかめる。

「なんなんですか、あなたは」

「なんでもいいから、照合してくれ。あんたがネットから拾ったこれが——」

ポケットから皺《しわ》くちゃになった『ジャスティス11』のプリントを出すと、

「本当にそれなのか」

伊丹は岩月の手の中の白いディスクを指差した。

「あの上司が素直に提出したとは、どうしても思えねえ」

「なんでも疑う現場の刑事らしい発想ですね」

「褒め言葉はいいから、早くしてくれ」

「褒めてませんよ。今忙しいんで、あとでやり——」

「いいから早く」

伊丹がデスクを叩《たた》く。

「こっちにはこっちの仕事があるんです」

岩月は、目の前のパソコンの画面に視線を移した。伊丹を無視してキーボードを叩き始める。

「ああそうかい。じゃあ、こっちで調べるよ」

伊丹は、プリントを頭上高く掲げた。

「おい、このデータどこにある！　誰が持ってんだ！」

周囲を見回しながら、大声で喚《わめ》く。

「ちょっと。やめてください」

慌てて岩月が止めた。

しかし、もちろん伊丹はやめない。

「早く出してくれ！　こっちは急いでんだ！」

さらに声のボリュームを上げる。

室内にいた捜査員が全員手を止め、伊丹に視線を向けた。九条も亜紀も啞然としている。

「聞こえてるか！　このデータを――」

「わかりましたよ」

　とうとう岩月は折れた。

「ここにありますよ、ここに！」

　うんざりしたように言いながら、デスクの引き出しから銀色のディスクを取り出す。

「よし、貸せ！」

　伊丹が手を出す。

「こっちでやりますよ。お望み通り今すぐ」

「最初からそう言えばいい」

「どうせ、一課で照合してもわからないでしょうからね」

「ひとこと多いよ」

「まったく……」

　肩でひとつ息をつくと、岩月は白いディスクと銀のディスクをドライブに入れ、それぞれのデータをコンピューター画面に出した。

　岩月の背後から、伊丹が画面に首を伸ばす。

「気が散ります。出てってください。終わったらすぐ――」

「嫌だね」

即座に伊丹は言った。

「これが殺しの動機なら、誰かさんと違って俺は気になるんでね」

「僕と違って、あなたが見ても何もわからないと思いますけどね」

見下したような一瞥《いちべつ》を向けると、岩月がマウスを操作し始める。

「この」

と拳《こぶし》を振り上げたが、部屋中の視線が集まっているのを見て、伊丹はゆっくり腕を下ろした。

画面には半角の英語と数字と記号がずらりと並んでいる。

――確かにさっぱりわからん。

作業の邪魔にならないよう、伊丹は岩月から一歩離れた。

4

――いったいなんの用だよ。

半歩先を行く大河内の背中を見ながら、角田はうんざりしたように眉《まゆ》をひそめた。

逮捕した構成員の取調べはまだ続いている。押収した大量の証拠品についても調べなければならない。やることは山ほどあるのだ。

そんな角田の焦りとは裏腹に、大河内は涼しい顔で首席監察官室のドアを開けた。

部屋に入り、角田にソファを勧めると、大河内はデスクの上から資料を取り上げた。

向かい側に腰を下ろし、

「話というのは神林直樹についてです」

と切り出す。

「神林ですか？」

角田は眼鏡の奥の目を細めた。

――さっき連行したばかりなのに、どうして監察官が？

「そちらに任意同行されている神林直樹には――」

大河内が角田の前に資料を置く。

「三年前、警視総監賞を受けた経歴があります」

「警視総監賞……」

驚いて資料を手に取る。確かに神林の名前が記されている。

「ま、民間人にも授与できますからね」

角田は資料から顔を上げた。

「で、理由は？」

「彼が証券会社にいた頃、顧客の家に押し入った空き巣を捕まえた功績です」

「なるほど。表彰されるわけだ」

「その彼が今、暴力団に雇われているのは事実ですか？」

「ええ。本人も認めてます」

「では、私の調査にご協力ください」

「はい？」

「警視総監賞受賞者の非行には、我々監察官の報告書が必要ですから」

角田は、まじまじと大河内の顔を見つめた。

――この忙しいときに、監察官の調査に協力だと……。

「よろしくお願いします」

なんの抑揚もない口調で大河内が告げる。勘弁してよ、というように、角田は肩を落とした。

5

気配がなくなったと思ったら、伊丹は一歩下がったところで手持ち無沙汰《ぶさた》にしていた。あんな男でも気を遣うことはあるらしい。岩月は苦笑した。

目で合図して呼び、パソコンの画面に向かって顎《あご》をしゃくる。

「この二つ、書式は似てるけど、明らかに違います」

画面には半角英数のデータが二つ並んでいる。

「じゃあ、やっぱりあの朽木って上司……」

「似て非なるものを提出したみたいですね」

そこで岩月は、微《かす》かに首を傾《かし》げた。

「でもこれ、どう見てもただの全銀データですよ」

「そうだ。全銀システム、ってなんだよ」

思い出したように伊丹が訊く。

「知らないんですか？」

「悪かったな。あんたとは頭の出来が違うんでね」

「それでよくあの上司に聴取できましたね」

「お前が、質問するスキ与えなかったんだろ。説明しろ」

「とてもひとことじゃ説明できません」

「頭がいいなら、ひとことで説明してみろ」

やれやれ、というように岩月はため息を漏らした。

「日本中の金融機関を繋《つな》いだコンピューターシステム」

「へえ……」

伊丹がうなずく。

「今のでわかったんですか？」

「学習能力が高いんでね」

「つまり、金融機関相互の内国為替取引データです」

「だから、そういう難しいこと言うんじゃねえ」

「学習能力高いんですよね」

「つまり、どういうことだ！」

「人を殺すほどのデータじゃないってことです」

全銀システムとは、金融機関間の内国為替取引について、オンライン・リアルタイムで資金決済を行なうための銀行間ネットワークシステムだ。一九七三年に発足し、今では国内のほとんど全《すべ》ての民間金融機関を網羅している。特に極秘のデータというわけではないから、殺人の理由とはとても思えない。

しかし——、

「いや。殺しの動機は、きっとこれだ」

伊丹は断言した。

「根拠はなんです」

「学習能力が高いデカの勘だよ」

「説得力ゼロですね」

「よし。朽木の指紋を調べてやる」

それだけ言うと、伊丹は踵を返した。

「指紋？」

その背中に岩月が声をかける。

「どういうことです」

「自分で考えろ。頭いいんだろ！」

伊丹は不敵な笑みを向けた。

——まったく、ムカつく刑事だ。

伊丹の勘は当てにできないが、調べればすぐにわかる偽のデータを朽木が渡したことは気になった。事件にはやはりこのデータが関係しているのか。

岩月はもう一度パソコンの画面に目を向けた。

そこには、無数とも思えるアルファベットと数字と記号が、生き物のように蠢いていた。

6

神戸尊は腕時計に目を落とした。

約束の時間から十分遅れている。

ベンチに腰を下ろしたまま、尊はそれとなく辺りを見回した。本当にひとりで来たのか確かめるため、どこかから見張られているかもしれないと思った。

警察庁近くにある公園――。すでに夕闇《ゆうやみ》に包まれており、辺りに人影はほとんどない。こっちに視線を向けている者もいない。

ほどなく、ゆっくりと近づいて来るひとつの人影に気づいた。スラリとしたモデルのような体形の女性――。待ち合わせた人物に間違いない。

尊はベンチから立ち上がった。

「お久し振り」

目の前で立ち止まり、片山雛子が優雅に微笑《ほほえ》む。

「お久し振りです」

尊も挨拶を返した。

雛子が座るのを待ち、尊も再びベンチに腰を下ろす。

「どうしたんです？　いきなりこんなところに呼び出して」

当然内密の話なのだろうが、その内容について、尊に心当たりはまるでなかった。

「時間がないから要点だけ説明するわね」

雛子は手にしていた冊子を差し出した。表紙には『改正通信傍受法』と記されている。

「実はね――」

戸張との会話の内容について、雛子はかいつまんで話し始めた。冊子の内容にざっと目を通しながら、尊が耳を傾ける。

ひと通り話を終えると、最後に雛子は、

「警察庁も参加してもらえるわよね、勉強会」

にっこりと尊に笑いかけながら訊いた。

「通る可能性が高い法律の勉強会に参加するのは、警察庁の利益にはなりますが……」

尊は、雛子に真っ直ぐ視線を向けた。

「でも、いいんですか？」

財務省がバックにつくということなら、警察庁は煙たがられる可能性が高い。

「ええ、是非」

雛子がわずかに肩をすくめる。

「法律が通ったあと、財務省に利権を持っていかれるくらいなら、総理の息のかかった警察庁に。ね？」

「なるほど」

尊はうなずいた。

「総理補佐官らしい発想です。しかし、なんで財務省が突然この法案に興味を示したんでしょう」

「それなんだけど」

雛子は、バッグから数枚のプリントを取り出した。

「ちょっと気になるデータが、ネットに流れてたの」

見ると、半角の英語と数字と記号がぎっしり並んでいる。

「それでね、ちょっと極秘に調べてほしいのよ。それがなんのデータなのか」

「僕に？」

雛子は、バッグから今度はディスクを取り出した。

「よろしく」

またも優雅な微笑み――。雛子の大きな武器のひとつだ。

――そういうことなら、久し振りにあの人の知恵を拝借してみるか。

心の中で苦笑しながら、尊はそれを受け取った。

警察庁に戻ると、尊はすぐにパソコンを操作し、ディスクの内容を添付文書にして送った。

携帯電話を取り出し、登録してある番号を呼び出す。相手はすぐに出た。

「お久し振りです。――ええ。だからこの時間に電話しました」

尊は窓の外に目を向けた。

眼下には都心の夜景が広がっている。

「そちらとは時差がありますから、九時間も……。――八時間？　ああ、今はサマータイムでしたね」

再びパソコンの画面に視線を戻す。

「――ええ。急なお願いですみません。添付ファイルは見てもらえました？　――それがいったいなんのデータなのか、昔、捜査二課にいたあなたなら分析できるんじゃないかと――」

僕は今休暇中なんですが――、と聞き慣れた声が応える。

尊の脳裏に、澄ました表情で紅茶を淹《い》れる杉下右京の姿が浮かんだ。

第四章　駆　引

1

刑事部長室に入ってすぐ、中園は内村の機嫌が悪いことに気づいた。

「なんでこんなことになってる」

中園がデスクの前に立つと、内村はいきなり険しい声で言った。

「は？」

「は、じゃない。一課の捜査に二課を巻き込んだのは誰だ」

「や……。それは刑事部長のアドバイスで――」

内村は、データの分析を捜査二課へ依頼することを了承したはずだ。

「捜査本部に一課の管理官と二課の管理官を突っ込んで、混乱させたいのか？」

この前はまるで口にしなかったことを内村は言い始めた。自分の言ったことを忘れているのか、責任逃れのためか――。いずれにせよ、中園が危惧《きぐ》していた事態が起きているということだ。

「それは……」

口ごもっていると、

「一課と二課の参事官は誰だ」

椅子《いす》にふんぞり返りながら訊いた。

「わたくしです」

「その場合、今回の捜査本部長に最もふさわしいのは？」

中園は眉をひそめた。

一課と二課、そしてサイバー対策課まで巻き込んで混乱している現場を、内村は早く収束させたいのだろう。参事官を本部長にさせた上で、捜査がうまくいけば刑事部長である自分の手柄にし、何か支障が出たら参事官に責任を押しつけるつもりなのだ。

しかし、命令に逆らうことはできない。

「……わたくしです」

固い表情のまま、中園は答えた。

2

「あッ！」

パソコンで『ジャスティス11』の詳細検索をかけていた岩月は、画面を見て思わず驚きの声を上げた。

「どうしたの？」

亜紀をはじめ、周りにいた捜査官が一斉に岩月に視線を向ける。

「『ジャスティス11』がまだ生きてます！」

「なんだって」

九条が自分のデスクから立ち上がり、岩月の許に歩み寄る。

『ジャスティス11』、すなわち中山雄吾は死んだはずだ。

――それがどうして？

「新たに投稿されたデータです」

画面の動画サイトに、半角英数のデータが浮かび上がっている。

「今までと同じデータで、投稿されたのが……」

岩月は、投稿された日付を指差した。

「中山が死んだ二日後です」

「つまり――」

九条が眉をひそめる。

「『ジャスティス11』は、被害者以外にいるってことか？」

「はい」

そうとしか考えられない。『ジャスティス11』は中山だけではなかったのだ。あるいは、誰かが中山の遺志を引き継いだのか。

「現在、その端末を調べています」

すぐに岩月がパソコンを操作し始める。

「削除依頼を出していたのが誰かは、わかってるのか？」

「その依頼を出していた端末の接続情報を今、サイトの管理者から提出させているところです」

「そうか……」

九条の表情が一段と険しくなった。

事態は一段と複雑さを増している。とりあえず削除を依頼したのが誰なのかわかれば進展の可能性はあるが、まだ時間がかかるかもしれない。

「とにかく、これから捜査会議だ」

踏ん切りをつけるかのように九条が言った。

「捜査会議、ですか？」

岩月が驚いてパソコンから顔を上げる。

「我々も捜査本部に呼ばれている。君にもいっしょに来てもらわなければならん」

「僕も……」

捜査会議には当然伊丹も出てくるだろう。

――またあの低脳刑事に嫌味を言われるのか。

岩月は、うんざりした顔でため息をついた。

3

八重洲署の大会議室は、捜査員で立錐《りっすい》の余地もないほどだった。最初は一課だけの捜査だったのが、二課とサイバー対策課が加わったからだ。

部屋の中央付近に陣取った伊丹は、苦々しい顔で部屋を見回した。捜査員ばかりこんなに増やしても、まとまりがなくなって足を引っ張り合うだけだ。

——こうなったのは、全部あいつのせいだ。相変わらず、なんで自分がここにいなきゃならないんだ、という顔つきだ。しかも、一度もこっちを見ようとしない。

——あとでとっちめてやる。

完全に無視を決め込んでいる岩月をぎろりと一瞥すると、伊丹は前方に向き直った。

会議室の前のテーブルには、所轄署の署長はじめ、本庁の一課長、二課長、そしてサイバー対策課の九条課長ら幹部が並んでいる。その中央では、今日付けで捜査本部長に就任した参事官の中園が、さっきからたらたらと話を続けていた。

「各班長の指示に従い、隙《すき》のない調書を作成してください」

最後に中園は、そう告げた。

「次回捜査会議は今晩十時。散会！」

どやどやと捜査員が動き出す。伊丹は足早に岩月の許に向かった。

「おい」

背後から腕を掴む。

「お前だろ、二課に分析頼んだの」

「放してください」

岩月はその手を振りほどいた。

「それが何か?」

「おかげで班が増えちまった」

目の前に顔を突き出す。

「いいか。捜査が細分化されると全体像が見えにくくなるって——」

岩月は無視して歩き出した。

「コラ、聞け!」

背中に声をかけるが、立ち止まらない。さっさと自分の班の輪の中に入ってしまう。

各班は、本庁の一課、二課、サイバー対策課、それに所轄の刑事で構成されており、岩月は、三浦と芹沢がいるA班に入ることが決まっていた。伊丹はB班だ。

「結局、捜査本部に来ちゃいましたね」

芹沢が声をかけ、

「あの人と同じ班じゃなかっただけよかったです」

岩月が答えるのが聞こえた。

——あの野郎。

「ケッ!」

岩月に聞こえるように舌を鳴らすと、伊丹はB班に合流した。

班内では、班長が、コンビになって動く捜査員を指名していた。

「本部・前島《まえじま》、八重洲署・渡辺、同じく不明指紋の特定」

名簿を見ながら、B班の班長が名前を読み上げていく。書き足したり削除したりで、すでに名簿は判読不能なほど汚れている。

最後にきて、班長は、

「あ、そうか」

と言いながら、困った顔で首を傾げた。

「二課がひとり入った分、ひとり余るわけか……」

「あ。自分はひとりで結構です。したい捜査もあるんで」

まだ名前を呼ばれていなかった伊丹が手を挙げて応えたが、班長は渋い表情だ。捜査は二人ひと組と決まっている。

「あ。こっちもひとり余ってるみたいです。班長!」

通りかかった三浦が、振り返ってA班の班長を呼ぶ。

――また、余計なことを。

舌打ちしながら、並んで行き過ぎる三浦と芹沢を見ると、二人揃《そろ》って意味ありげな笑みを向けてきた。

――なんだ、あいつら。

嫌な予感がした。

A班がいた場所を振り返ると、岩月がぽつんとひとり立っている。

思わず顔が歪《ゆが》んだ。岩月も、勘弁してくれ、という顔でこっちを見ている。

——嘘《うそ》だろ。

二人がお互いを睨んでいる間に班長同士で話がまとまり、伊丹は岩月とコンビを組まされることになった。

——なんでこうなるんだ。

眉間の皺の数が増えるのを感じながら、伊丹は天を仰いだ。

4

角田は、大河内と二人で『村岡証券』に向かった。

神林の元上司から事情聴取するためだったが、監察官といっしょでは、勝手が違ってやりにくいことこの上ない。話はとりあえず大河内に任せようと角田は決めた。

神林の直属の上司だったという飯村《いいむら》は、最初からそわそわと落ち着かなかった。怯えたような目で正面に座る角田と大河内を見たかと思うと、額に浮かんだ汗をハンカチで拭《ぬぐ》い、空咳《からせき》を繰り返した。

「神林直樹は、三年前、警視総監賞を受けてすぐ、この『村岡証券』を辞めていま
す」

　飯村の様子を探るように見つめながら、大河内は神林の賞罰資料を目の前に置いた。

「それが、何か」

　声がわずかに震えている。

「直属の上司だったあなたなら、彼の退職理由をご存じではないかと思い、こうして
うかがいました」

　角田は応接室の中を見回した。さすが一流企業だけあって、壁に掛けられた印象派
の絵画もテーブルの上に飾られた生け花も高そうに見える。

「彼、何かしたんですか？」

　また額の汗を拭いながら、飯村が訊いた。

「すみません。申し上げられません」

　大河内が冷たく言葉を返す。

「神林について、何かお話しになれないような事情があるのでしょうか」

「そういうわけでは……」

　飯村は目を逸らした。

「しかし、個人的なことですから」

これ以上言うことはない、というように、固く口を閉ざす。

大河内も、苦い表情で腕を組んだ。

──そろそろ出番か。

それまで二人の会話に興味がなさそうにしていた角田は、

「じゃ」

と言いながら、不意に前に向き直った。

「本人に取調べで聞いちゃいますね」

あっけらかんとした態度で言う。

「取調べ？」

飯村の声が裏返った。

「ええ。もう任意同行してますから」

「角田課長」

険しい顔で大河内が角田を制する。

「あ……」

まずいことを言った、というように、角田は肩をすくめた。

「今のは聞かなかったことに」

「あの……、取調べって、どういう──」

「ああ。取調べっていうのはですね、相手が話したことを全部記録しちゃう聞き取りのことです」

大河内が横目で角田を見た。その真意を悟ったようで、何も言わずソファの背にもたれる。

「当然、その記録は裁判の資料にもなるわけです」

気楽な口調で角田が続ける。

「だから、彼がこちらを辞めた理由に万一こちらが困るような事情があったら――、と思ってうかがったんですがね」

飯村の額から滝のように汗が流れ落ちた。明らかに焦っている。

「だって、ほら――」

首を突き出し、わずかに声をひそめる。

「取調べで記録される前なら、そちらが困らないようにできるかもしれないじゃないですか」

――もうすぐ落ちる。

角田にはわかっていた。あとひと押しだ。

「でも、それは杞憂《きゆう》だったようですね。良かった」

ホッとしたような笑みを浮かべながら立ち上がる。

「じゃ、早速、神林の取調べに行きましょうか」

大河内に向かって言ったとき、

「あの！」

慌てて飯村が止めた。

「こ、これは、ここだけの話にしていただきたいんですが……」

──落ちた。

感心したような顔で見上げる大河内に笑みを向けると、

「はい？」

角田はソファに座り直した。


「驚きましたね。神林が横領してたなんて。しかも、このとき助けた客の金をですよ」

応接室を出て廊下を大河内と並んで歩き始めるとすぐ、角田は、手にしている賞罰資料を振りながら言った。

助けた客が信頼したのを逆手にとって、神林はその客の金に手をつけていたのだという。被害金額は数千万円にも及んだらしい。

「にも拘《かかわ》らず、被害届すら出してなかったとは」

苦々しい顔で大河内が吐き捨てる。

「ま、これだけの大会社、体面てのがあるんでしょう」

角田は、廊下に面した大きな窓から外を見た。眼下には金融街が広がっている。

――証券会社も銀行も、取り繕っている体面の裏で、どんなワルサをしているやら……。

ずらりと並んだ金融関係の社名に順に目を向ける。

通りを隔てた向かい側にある『東京明和銀行』本店のビルに、角田は目を留めた。

転落死した銀行員がいたことを思い出したのだ。

――伊丹たちが今追っているのはその事件だろうか。

玄関を見下ろすと、大勢の人間がその中に吸い込まれて行くのが見えた。

5

『東京明和銀行』本店のガラスドアの前に立ち、中の様子をうかがった伊丹は、窓口とATMにできている長蛇の列を見て怪訝《けげん》な顔つきになった。

「民間の給料日って、まだだろ?」

「システム障害からやっと回復したからですよ」

伊丹と同じく、人の列に目を向けながら岩月が答える。

「ああ。みんなやっと金おろせるからか」

「呑気《のんき》ですね。きっと口座を解約する人たちです」

「解約？　なんで」

「なんでって……」

岩月は、あきれたような顔で伊丹を見た。伊丹はまだ怪訝な表情のままだ。

信用を失った銀行から預金者が逃げるのは当たり前のことだ。そんなこともわからないのか。

「行きますよ」

小さく息をつき、先に立って歩き出す。伊丹は目を剝《む》いた。

「今俺を馬鹿扱いしたな」

「さすが勘がいいですね」

「なんだと」

「さすがって言ったんです」

「俺をなめると――」

言葉の応酬を続けながら、二人は人ごみを縫って奥に向かった。

前回と同じ会議室に通され、しばらくすると、背中を丸めて朽木が入って来た。言い合いに疲れて黙り込んでいた伊丹と岩月が、同時に椅子から立ち上がる。

肩をすぼめながら朽木が正面に腰を下ろすとすぐ、伊丹は、白いディスクと『ジャスティス11』のデータを目の前に並べて置いた。

「全く違うデータを提出しましたね」

朽木に向かって身を乗り出す。

「なんで、こんなすぐわかる嘘つくんですか」

「嘘って……」

朽木は顔を上げない。

「あのときはシステム障害のパニックで……、その……、手違いです」

「そうですか」

伊丹は椅子に座り直した。

「じゃ、本当のデータを提出してください」

「いや、しかし……」

朽木は唇を噛《か》んだ。そのまま黙り込む。

「提出できない理由があるんですね？」

「マニュアルを、紛失しまして……」

「三日前の夜九時頃、どこにいました？」

「は？」

朽木は初めて顔を上げた。

「中山さんの死亡時刻のアリバイ聞いてるんです」

「そんな……」

その目が大きく開かれる。

「私を疑うんですか！」

「疑われたくないなら答えてくださいよ」

伊丹は真っ直ぐ朽木を睨みつけた。

「被害者がネットに流したのは、いったいなんの情報なんだ！」

「それは……」

落ち着きなく、朽木が辺りに視線を泳がせ始める。

「まさか、人に命を狙《ねら》われるような情報じゃないよな」

再びうつむき、固く目を閉じる。

黙り込んでしまった朽木を見て、伊丹が大きく息をついたとき——、

「またネットに流れてます」

初めて岩月が口を開いた。昨夜投稿されたデータのプリントをテーブルに置く。

薄く目を開けてそれを見た朽木の表情が、一瞬で凍りついた。

「実は僕、この人とは違う部署なんです」

岩月は自分の名刺を差し出した。

「サイバー犯罪対策課……」

朽木が眉をひそめる。

「我々は、この手のデータをネットから簡単に拾えます。今度は削除されてないので、もっとたくさん」

今度は岩月が、テーブルの上に身を乗り出した。

「そうやって我々が全文を手に入れる前に、そちらから出したほうが利口じゃないですか」

それでも朽木は応えない。貝のように口を閉ざしてしまった。

それからは、データについてもアリバイについても完全黙秘を続け、任意の指紋提出すら拒否した。

なんの情報も得られないまま、伊丹と岩月は腰を上げざるを得なかった。

「完黙された上に、指紋提出も断られちゃいましたね」

廊下を歩きながら、ため息混じりに岩月が言った。

「お前の聞き方が陰険だったからな」

前を向いたまま伊丹がうそぶく。

「あなたの聴取が止まったから、僕が聴取したん――」

「ハイハイ、お前らしい攻め方でした」

「それで褒めてるつもりですか」

「褒めてるつもりは一切ねえ」

はっきりそう言うと、伊丹は手にしているデータに目を落とした。

「しかし、いったいどんな情報なんだ」

「殺されるほどのデータなのかもしれませんね」

伊丹が岩月に顔を向ける。

「やっと俺の推理を認めたな」

「頭が柔軟なんです。あなたと違って若いから」

「ひとこと多いよ」

岩月は肩をすくめた。

「で、これからどうするんです?」

「このデータにはきっと、殺しの動機も犯人も隠れてる」

「カッコいいセリフですね。で？」

「で、ってなんだよ。あの上司にこの情報全部か指紋か、どっちか出させるしかないだろ」

「それ、今やって失敗した方法ですよね」

「何度だって当たって砕けんだよ」

「じゃあ、あなたが砕けてる間に、僕は僕で調べます」

岩月は足を速めた。

「何する気だ」

慌てて伊丹が追いかける。

「どこまで分析できてるか聞きに行くんです」

伊丹は舌打ちした。

「また捜査二課に頼んのかよ」

「頼るってなんですか。捜査協力でしょう」

「頼ってるじゃねえか」

「だから、捜査協力だって」

「お前はいつも――」

言い合いを続けながら伊丹が廊下の先を見ると、女性行員が壁の陰に隠れるのが見えた。

あれは——。

——中山の恋人だった麻生美奈だ。間違いない。

本店で働いているのだから、バッタリ出会っても不思議はない。ただ、姿を隠したのが気になった。

——なんでだ。

美奈の消えた壁に、伊丹は視線を向けた。

6

会議室を出た朽木は、その足でシステム企画課の課長ブースに向かった。顔からは血の気が引き、足下はふらついている。

課長の松岡《まつおか》は、まだ四十代半ばながら、同年代の政治家や官僚と付き合いが深く、すでに将来の頭取候補と噂《うわさ》されているエリートだ。

ひとしきり朽木の話を聞くと、うんざりしたように顔をしかめた。

「二度目ですね。泣きついてきたのは」

「すみません」

「全てあなたの監督不行き届きから始まってるんですよ」

「すみません」

朽木はひたすらあやまり続けている。

ひと回り年上の朽木に見下したような視線を向けると、松岡はデスクの上の携帯を取り上げた。


金融庁・監督局のフロアを歩きながら、平利一《たいらとしかず》は携帯を耳にあてた。

「松岡か、どうした？」

相手の話に耳を傾けながら、うんうん、と厳しい顔つきで何度かうなずく。

「捜査一課とサイバー犯罪対策課か……」

その表情が翳《かげ》った。しかし、足は止まらない。『銀行第一課』『銀行第二課』『保険課』などの表示があるドアの前を足早に通り過ぎて行く。

「少し厄介だけど……、そうだな……」

ふと立ち止まると、窓の外に目を向けた。財務省のビルが見えている。

「財務省からでも、圧力かけてもらおうか」

唇に微かに笑みが浮かんだ。

「安心しろ。現場をうろちょろしてる捜査官なんて、なんとでもなる」

それだけ言うと、平は携帯を切った。

7

ようやく伊丹から解放されてサイバー犯罪対策課に戻ると、三浦と芹沢が亜紀のデスクの前に立っていた。『新ジャスティス11』についての調査結果を待っているようだ。

岩月に気づいた二人は、何故《なぜ》か嬉《うれ》しそうな顔で頭を下げた。

「どうですか、ウチの伊丹は」

たずねる三浦の口調も楽しげだ。

「思い出したくありません」

「あ、やっぱり」

芹沢が苦笑した。

「新ジャスティスが誰か、特定できましたか？」

二人を無視し、岩月が亜紀に声をかける。

「あと、もうちょっとです」

亜紀はマウスを持つ手を止めた。

「捜査二課に依頼した分析はまだですか?」

振り返って訊く。

「明日には終わるって言ってました」

答えながら自分のデスクに座った直後、

「捜査本部の了解とったぞ」

聞きたくない声が響いた。伊丹が大股《おおまた》でこっちに近づいて来る。

「はい?」

「明日の朝、またあの本店に行く」

「あの上司なら、何も答えてくれませんよ」

「違う。行員に片っ端から聞き込むんだよ、これ見せて」

手には半角英数のデータ。

「それは大変そうですね」

「お前もやるんだよ!」

憎々しげな顔で伊丹が言い放つ。それを見て三浦と芹沢がまた嬉しそうに笑う。

――まったく、どういう神経してんだ、こいつらは……。

ひとこと文句を言おうと口を開きかけたとき――、

「出た！」

亜紀が大声を上げた。

「新ジャスティスの端末がわかりました！」

岩月と伊丹、三浦、芹沢が、一斉に亜紀のデスクの周りに集まる。

「秋葉原にあるネットカフェです」

画面には、ＩＰアドレスと接続者名、住所などが出ている。

「よし、行くぞ！」

メモをとった三浦が、芹沢と共に走り出す。

「あれ？　削除されてる」

今度は、自分のパソコンを見ていた岩月が声を上げた。

「なんだよ」

ひとり残った伊丹が、横から顔を突き出す。

さっきまで動画サイトにデータが流れていたのだが、今は『利用者の依頼により削除されました』というメッセージだけが画面に浮かんでいる。

「新ジャスティスが流したデータが……」

――何故急に削除されたのだ。

「ああ」

何か思いついたように、伊丹が顔を歪める。

「お前、今日話したよな、あの朽木って上司に。同じ情報が新たに流されたって」

「あ……」

岩月が目を見開く。

「じゃあ、今までこのデータを削除してたのも……。小田切さん、データの削除依頼を出してた端末は」

「あ。これから特定します」

亜紀は自分のパソコンに戻った。

新たなデータ流出を知って、朽木が動いたことはまず間違いない。しかし、削除依頼を出したのが朽木個人とは思えなかった。

バックにいるのは、『東京明和銀行』本体か、あるいはもっと強大な組織か――。

どちらにせよ、この事件にはまだまだ裏がありそうだ、と岩月は思った。

伊丹も同じような推理を働かせているに違いない。険しい表情のままさっきからひとことも発していない。

データが削除された画面を見ながら、得体の知れない不安が胸に湧《わ》き出すのを、岩月は止めることができなかった。

第五章 妨害

1

翌朝——。

サイバー犯罪対策課の九条は、首席監察官室に向かっていた。『桂井企画』のトレーディンググルームの調査報告をしようと角田に連絡を取ったところ、大河内といっしょに報告を聞くから、との返答があったためだが——。何故組対五課の事件に首席監察官が関わっているのか、角田はその理由を教えてくれなかった。

ただ、予想もしていなかった方向に事件が広がりを見せようとしていることだけは確かだった。トレーディンググルームから意外なデータが見つかっていたからだ。しかし、何がどう繋がるのか、今のところ全くわからない。

首席監察官室の前に立ち、軽くノックする。

「どうぞ」

という声にドアを開けると、そこにはすでに角田もいた。今まで何か話し合っていたらしく、二人揃って難しい顔をしている。

どうやら挨拶代わりの世間話をする余裕はなさそうだった。テーブルを挟んで大河内と角田と向き合って座ると、九条は早速本題に入った。

「『桂井企画』のトレーディングルームですが、調べた結果、組対五課が押収した帳簿通りでした」

九条は、テーブルに置かれていた帳簿を指差した。

「ただ――」

大河内と角田の前に一枚のプリントを置く。

「この取引だけ帳簿にありませんでした」

紙上には、『日本国債先物』『売値』『買値』『安値』『高値』『ロット数』などの項目が並び、折れ線グラフで数値が示されている。

「なんです、これは」

角田が指先で眼鏡をずり上げる。

「神林は、日本国債のカラ売りをし続けていたようです」

「国債のカラ売り……」

大河内が目を細めながら繰り返した。

「利益は出ているんですか？」

「いえ。だから帳簿に記載がないのかもしれません」

角田と大河内が顔を見合わせる。

「それから、もうひとつ……」

九条は別のプリントを出した。半角英数が並ぶデータに、怪訝な顔つきで二人が目を向ける。

「なんですか、これは」

プリントから顔を上げ、大河内が訊く。

「一課とウチが追っている事件に関係しているデータです。今、分析を二課に依頼しているところです」

「一課と、サイバー対策課、それに二課まで？」

角田が眼鏡の奥の目を細める。

「こいつがウチの事件とどんな関係が？」

「トレーディングルームに、このデータがあったんです」

九条は、これまでの捜査の経緯を説明した。角田と大河内の表情が驚きに変わる。

「このことは、もう誰かに報告済みですか？」

大河内の質問に、九条はうなずいた。

「ついさっき、中園参事官に」

それを聞いた大河内の表情が翳った。

中園参事官からは、すぐに内村刑事部長に情報が上がる。内村は刑事部主導で事件を捜査しようと画策するだろう。大河内にもそのことはわかっているのだ。

しかし、もはや縄張り争いをしている場合ではない。事件は、今や一課、二課、サイバー犯罪対策課だけでなく、組対五課と監察官まで巻き込み、広がり続けているのだ。

だが、これで終わりだとは思えない。

――この事件には、もっと深い闇が潜んでいるのではないか。

九条はそう考え始めていた。

2

デスクの向こうでゆっくりと顔を上げ、金子《かねこ》警察庁長官が真っ直ぐに視線を向けてきた。その表情からは何も読み取れない。

警察庁長官からの緊急の呼び出し――。どんな話になるのか、予想がつかない。内村は緊張に身体《からだ》を強張《こわば》らせた。

「早速だが――」

金子がおもむろに口を開く。

「捜査一課とサイバー犯罪対策課の捜査員が『東京明和銀行』を調べているようだね」

――あの事件のことか……。

内村は眉をひそめた。

「はい。その行員が殺された殺人事件の捜査です」

――捜査の混乱ぶりが警察庁にも伝わっているのだろうか。

「殺人事件の犯人は、是が非でも逮捕してください」

澄ました顔と口調で金子が続ける。

「もちろんです。現在、刑事部参事官を捜査本部長とし――」

「だが」

いくらか強い口調で内村を制する。

「それに被害者側の銀行の捜査は必要かな」

「は?」

どういう意味かわからず、内村はぽかんと口を開けた。

「ああ。誤解がないように」

金子の口許に笑みが浮かぶ。

「捜査は警視庁の所管だ。しかし、他にすべき捜査があるんじゃないかと思ってね」

「『東京明和銀行』の捜査はご法度、ということでしょうか」

「私の口からそういうことは言えないよ」

笑いながら、わざとらしく両手を広げる。

「ただ、まあ、警察庁長官との雑談だと思ってくれていい」

「警察庁長官と警視庁刑事部長の雑談、ですか」

「と、財務省との雑談だ」

「財務省、ですか？」

思わず内村は繰り返した。

「そう。財務省だ」

頭の中で赤信号が灯《とも》った。

あの事件には何かとんでもない裏があるのだ、と内村は悟った。財務省まで絡んでいるというのなら、国家レベルの秘密の可能性が高い。そして、捜査は今、触れてはいけない部分に踏み込もうとしているのだ。

――おそらくは、ひとつ間違えば俺の首が飛ぶ。

ごくり、と音を立てて内村は唾《つば》を呑《の》み込んだ。

3

「財務省と金融庁？」

岩月は驚きの声を上げた。

「ええ」

亜紀が、パソコン画面の半角英数データを見ながらうなずく。

「この削除依頼は、財務省や金融庁のサーバーを経由していました」

岩月は小さく唸った。財務省と金融庁が事件に関わっているということか？

――いったいどうなってるんだ。

もう一度確認しようと口を開きかけたとき、電話が鳴った。亜紀がすぐに受話器を取り上げる。

「どういうことだ」

後ろで二人の会話を黙って聞いていた伊丹が、腑《ふ》に落ちないという顔つきで訊いた。

「なんだよ、財務省や金融庁のサーバーを経由してたって……」

「ネットに流れたデータの削除依頼を出してたのは、財務省や金融庁ってことです」

「は？」

　さらに怪訝な表情になる。

「『東京明和銀行』みたいな一銀行が、財務省や金融庁を動かせるのか？」

「いや、それは……」

　岩月も首を傾げた。とてもそんなことができるとは思えない。

「捜査二課に聞いてみましょう」

　自分のデスクの電話に手を伸ばす。

「待て」

　それを伊丹が止めた。

「二課二課って、いい加減にしろ」

「でも、今データを二課が解析中で、もうすぐ結果が――」

「そっちはそっちで勝手にやらせときゃいい。すぐに銀行の本店に行くぞ」

「ちょっと待ってくださいよ」

　岩月が止めるのも聞かず、伊丹がドアに向かって歩きかけたとき、

「二課の解析、終わったそうです、このデータの」

　受話器を置きながら亜紀が言った。振り返った伊丹に向かい、これこれ――、というようにパソコンの画面を指差す。

「ですって」

岩月はゆっくりと椅子から立ち上がった。

「本店と二課、どっちに先行きます？　二課のほうが断然近いですけど」

「いいよ、二課で」

やや不満げな様子ながら、伊丹が再び歩き出す。

岩月は足早にあとを追った。

「聞きわけ、よくなりましたね」

横に並び、澄ました顔で言う。

「この野郎」

「褒めたんです」

――なんだか伊丹の仏頂面にも慣れてきた気が……。

心の中で苦笑しながら、岩月は先に立って廊下を捜査二課に向かった。

岩月のあとから二課のフロアに入った伊丹は、場違いなところに足を踏み入れたような居心地の悪さを感じた。

二課の雰囲気は一課とはまるで違う。下町の居酒屋から山の手のフレンチレストランに来たような感じだろうか。

しかし、岩月のほうには、そんな感情はまるでないようだ。

——ま、同類みたいなもんだからな。

ここは任せようと思い、黙ったまま岩月の横に立つ。

「失礼します」

岩月は、フロアにいる捜査員たちに向かって半角英数のデータを掲げた。

「このデータの分析を担当された方は」

「あ、はい。私です」

フロアの端にいた捜査員のひとりが手を上げた。

二人が歩み寄ると、

「ちょっとお待ちください」

と断り、デスクの上に散らかっていた分析の資料を集め始める。

そのとき、隣のデスクで電話が鳴り、別の捜査員が受話器を取り上げた。何やら深刻な顔つきで相手の話を聞いている。

「お待たせしました」

資料を揃え終えた捜査員が、伊丹と岩月を振り返った。

「こちら、確かに全銀システムのデータでした」

「え、じゃあ、本当にただのマニュアルなんですか？」

意外だ、というように岩月が問い返す。

「いえ。システム障害の対応マニュアルじゃありません」

「じゃあ、なんです」

「驚かないで聞いてください。実はこちら――」

「ちょっと待て」

さっきまで電話で話していた捜査員が、突然三人の話を止めた。

伊丹と岩月に向かい、

「内村刑事部長がお呼びです」

と告げる。

「は?」

「え?」

二人は同時に声を上げた。

――なんで俺たちがここにいることがわかったんだ。

伊丹と岩月の居場所など、刑事部長がいちいち気にかけるはずはない。急いで調べさせたのだ。

――しかし、なんのために?

ふと見ると、電話に出ていた捜査員が、横から手を出してデスクの上の分析資料を片付けている。これには、分析を担当した捜査員も唖然としている。

「オイ、ちょっと何して——」

「内村刑事部長がお呼びです。大至急来るようにと」

伊丹の言葉を遮ると、有無を言わせぬ口調で捜査員は命じた。

4

三浦と芹沢は、米沢が操作するパソコンの画面を後ろから覗き込んでいた。画面には、『新ジャスティス11』が利用したネットカフェから持ち帰った、防犯カメラの映像が映し出されている。

「新ジャスティスがデータを流したパソコンエリアです」

画面を見たまま米沢が告げた。いくつかのブースが映っており、狭い通路を客が行き交っている。

「データが流れた時間にいたお客さんです」

『新ジャスティス11』が最後に接続したのは昨夜の八時五十八分。画面右下に表示されている時刻は、まさにそのときを示している。

三浦も芹沢も、ひとりの客も見逃すまいと、瞬きもせず画面を目を皿のようにして見ている。

「ストップ！」

三浦が命じ、画面に顔を近づけた。

「戻してくれ。少しずつ」

いったん映像を止めると、米沢はコマ送りで戻し始めた。

ブースから出て来た客が、後ろ向きに再びブースに戻る。

「あれ、この女……」

三浦が客のひとりを指差した。芹沢が身を乗り出す。

「この女は、中山の――」

三浦と芹沢は、食い入るように画面の女を見つめた。

5

「犯人を挙げるなってことですか？」

伊丹は、目の前に立つ内村刑事部長を睨みつけた。

捜査の中止――。捜査二課から刑事部長室に駆けつけた伊丹と岩月に向かって、内村はそう命令した。

もちろん、そんなことが納得できるはずはない。

「殺人犯を野放しのままにしておけって言うんですか？」

伊丹が食い下がる。

「そうじゃない」

内村は苛立《いらだ》った様子だ。

「殺人事件の捜査はしろ。だが、銀行側の捜査は不要だ」

「『東京明和銀行』から何か言ってきたんでしょうか」

岩月の質問に、

「知らなくていいことだ！」

吐き捨てるようにして答える。

「なぜ、警察の捜査本部が銀行の要求に左右されるんです？」

「知らなくていいことだ」

「ええ。知りたくもありませんね！」

今度は伊丹が吐き捨てた。

「殺しの犯人を挙げなくていいなんて、そんな理屈！」

「だから、犯人を挙げるなとは言ってない！」

「犯人を挙げるためには、銀行の捜査が必要なんです！　部長の仰《おつしや》ってることは矛盾してます」

「お前――」

内村は、伊丹の前に顔を突き出した。怒りのせいか、唇が震えている。

「前から言ってるが、お前は少し――」

「俺は、デカですから！」

伊丹が大声で遮る。内村の顔色が変わった。

「失礼します」

頭を下げ、伊丹が踵《きびす》を返す。その腕を内村が摑んだ。

振り向いた伊丹に向かって、

「頼む」

深々と頭を下げる。

「今回ばかりは、……頼む」

その必死の形相に、伊丹は言葉もなくその場に立ち尽くした。

「頼む」

もう一度繰り返し、わかってくれ、というように目で合図を送る。

──なんだ、これは……。

伊丹は、半ば呆然《ぼうぜん》と内村の顔を見返した。

ようやく内村が手を放す。

どう応えていいかわからなかった。目を逸らし、顔を歪めると、伊丹は黙って刑事部長室を出て行った。

岩月は一対一で内村と向き合った。

「私は、刑事部ではなく、生活安全部の人間です」

「刑事部長の命令には従えないか？」

内村の口許に、弱々しい笑みが浮かぶ。

「直属の上司、九条課長にうかがい、判断させていただきます」

一礼すると、岩月も刑事部長室をあとにした。

廊下では、壁に背中をつけ、腕を組んで、伊丹が待っていた。

「まだ、携帯聞いてませんでしたね」

スーツのポケットから自分の携帯を取り出す。

「教えてください。連絡します」

赤外線通信の用意をしながら、

「いったい何があったか知りませんが、ウチの課長に掛け合います。このままでいいわけがありません」

憤然とした口調で岩月は言った。

何やら無性に腹が立っていた。わけもわからないまま、今までの苦労を水の泡にされてはたまらない。

しかし、伊丹は動かない。いつにも増してムスッとした表情のまま、黙って壁にもたれている。

「刑事部長のお願いなら素直に聞くタイプ、じゃないですよね、まさか」

「あんな内村部長、初めてだ」

伊丹はボソッとつぶやいた。

「いったい何があるんだ、この殺しの裏に」

そのまま、また黙り込んでしまう。

伊丹がショックを受けているのはわかった。あんなふうに刑事部長に懇願され、どうしたらいいのか迷ってもいるのだろう。

しかし、事件を放《ほう》っておいていいわけはない。

「殺人捜査は、あなた方捜査一課の仕事ですよね」

たまりかねて声をかけた。しかし、伊丹は反応を示さない。

「いいです」

岩月はあきらめた。伊丹はもうあてにできない。

「あとはこっちでやります」

――偉そうなことばかり言っていても、上司の命令には逆らえないのだ。結局伊丹も他の警察官と同じだ。

肩を怒らせ、ひとりで廊下を歩き出す。

「待て」

その背中に伊丹が声をかけた。

――捜査を止めようというのか。

「はっきり言って見損ないま――」

振り返りながら言いかけた岩月に向かって、伊丹は自分の携帯を突き出した。

「見損なうほど俺を買ってたのか?」

その顔には、いつものふてぶてしい笑みが戻っている。

近づいて見ると、携帯の画面に自分の番号を表示させている。

岩月はあきれた。

「番号交換するなら……、普通、赤外線でしょ?」

「難しいことはわからねえよ」

うそぶきながら、伊丹は肩をすくめた。

6

組対五課の取調室では、角田と神林が向き合っていた。

角田の後ろには、神林を威嚇するように大木と小松が睨みを利かせている。

部屋の壁には大きな鏡がある。その向こうに続く隣室では、大河内が取調べの様子をじっと見つめていた。

「証券会社辞めた理由、横領したからだってな」

ゆっくりと噛んで含めるような口調で、角田は話し始めた。

「会社に行って聞いてきたんだけどさ……。で、そういうこと聞いちゃうとさ……、君が暴力団に脅されて、泣く泣くトレーダーやってましたっていう――、被害者像？」

わざと語尾を上げ、上目遣いに神林を見る。

「ちょっと怪しくなっちゃうんだよね」

神林は、うつむいたままじっと動かない。

「というわけで、例えばこれ、説明してもらえる？」

角田は、九条から提出を受けた日本国債のカラ売りデータをデスクの上に置いた。

それを見た神林の目が、落ち着きなく左右に動き始める。

「あら？」

わざとらしく驚きの声を上げる。

「ただの国債のカラ売りじゃないの？　じゃあ、これは——」

半角英数のデータを目の前に広げながら続けて質問しようとしたとき、いきなり取調室のドアが開いた。

数人の男が続けて入って来る。

「オイ、ちょっとなんだ」

驚いて振り返った角田に、

「捜査二課です」

先頭で飛び込んで来た捜査員が告げた。

「神林直樹。金融商品取引法違反の容疑で逮捕します」

その手には逮捕状。

「ちょっと待て。今ウチがそれを調べて——」

「組対五課さんの担当は、覚せい剤取締法違反のヤクザたちのはずです」

「誰から聞いたんですか？」

背後からの声に、部屋にいた二課の捜査員たちが一斉に振り返る。

「彼の身柄がここにあると、誰から聞いたんです」

「大河内監察官……」

二課の捜査員全員が、その場に固まった。突然の首席監察官の登場に、さすがに驚いたようだ。

「質問に答えてください」

捜査員は全員目を逸らし、険しい表情で唇を噛んだ。

口止めされているのだ、と角田にはわかった。

「捜査二課ってことは、中園参事官か内村刑事部長ってとこだろ」

角田が自分の推測を口にすると、大河内はそれ以上ひとことも発することなく部屋を出た。

「こっちは頼んだ」

この場は大木と小松に任せ、あとを追う。

——捜査を邪魔されてたまるか。

角田は怒り心頭に発していた。

内村は、苦虫を噛《か》み潰《つぶ》したような表情で二人を迎えた。

神林の逮捕は金子警察庁長官の意向に沿ったもので、自分は長官に直接会って指示を受けている――、という内村の説明に、角田と大河内は一瞬言葉を失った。

「長官直々の指示？　どういうことです？」

納得がいかず角田が訊くと、

「お前たちが知る必要はない」

内村はきっぱりと答えた。

「では、直接長官官房へうかがいます」

それだけ言って出て行こうとする大河内を、待て、と呼び止める。

「無駄だ」

喉《のど》の奥から絞り出すようにして内村は言った。

「お前らが動いてどうにかなる問題じゃない」

窓の外に目を向ける。その先には国会議事堂が見える。

まさか、と角田は思った。

大河内も何かを感じたのだろう、国会議事堂に視線を向けたまま、その場に立ち尽くした。

第六章　真相

1

ロンドンのホテルの一室――。

デスクの前の椅子《いす》に腰を下ろすと、杉下右京はノートパソコンに目を向けた。その画面は、アルファベットと数字と記号でほとんど埋め尽くされている。

――まさかこんなものをロンドンで見ることになるとは……。

画面を埋める半角英数を見ながら、右京は小さく嘆息した。

今日本の銀行でトラブルが続いていることは知っていた。このデータがそれと関係していることは想像に難くない。

問題は、片山雛子がどうやってこのデータを手に入れ、何に利用しようとしているかだが――。神戸尊に分析を頼まれ、その結果が出ている以上、報告しないわけにはいかない。

右京は、パソコンの横に置いた携帯電話に手を伸ばした。

ちょうどそのとき、着信音が鳴った。手に取り、画面に目を落とす。

雛子からだった。

――おやおや……。

そのタイミングのよさに苦笑しながら、携帯を耳にあてる。

「杉下です」

〈お久し振り〉

雛子の口調は楽しげだ。

「今、お電話差し上げようと思っていたところでした」

〈例の件ね〉

「ええ。神戸君から興味深いデータが送られてきました。一見すると単なる全銀システムデータのようですが……、僕の分析では、これは、故意にシステム障害を起こす、もっと言えば、故意に金融封鎖の状態を作るシミュレーションデータです」

〈わざと金融封鎖を？　なんのためです？〉

「このデータを見る限り、このシミュレーションは、ある特定の年月日を想定しています」

右京は、パソコンの画面の一点に目を向けた。『2015/5/1』という日付が記されている。

「その年になっても、国の収入の半分以上を、国債の関連費に充てざるを得ない状態の日本は、人口の減少と高齢化が続く中、消費税増税でも財政再建の道筋をつけられず、まるで麻薬を摂取するかのように国債を発行し続け、借金が膨らんでいく想定です」

右京の頭の中に、二〇一五年の日本の姿が浮かんだ。

借入金や国庫短期証券を含む債務残高は一二〇〇兆円を超え、「老若男女ひとり当たりの借金」も一千万円を上回っている。

『IMF』発表の「財政に余裕のない国」リストに、『ギリシャ』『日本』『イタリア』『ポルトガル』が並び、日本については『一般会計税収十八年分の借金』という記載が――。

「当然、市場では財政破綻《はたん》の不安が強まり、その月の初めに行なわれる国債の買い手が国の売り出し量を大幅に下回ると、このデータは予測しています」

急激に右下がりになる「日本国債先物指標」。

それを示す画面の前で、携帯を耳にあてたまま目を覆う証券マン。

「買い手がほとんどいなくなった日本国債は暴落、金利は上昇。日本の信頼が大きく損なわれたことで、通貨である円も暴落。日本株も売り浴びせられ、円、株、国債のトリプル暴落が起きるというデータです」

目を血走らせながら、証券会社の街頭電光掲示板の前に集まる投資家たち。口々に何かを喚《わめ》きながら銀行のカウンターに押し寄せる人々。

──まさに、日本経済崩壊の日。

「それが、財務省、金融庁、そして各金融機関にいる有志が予測した『Xデイ』ということでしょう」

〈『Xデイ』ね。なるほど。そんなことをやってたのね、あの人たち〉

右京はわずかに眉《まゆ》をひそめた。

このデータを使って雛子が具体的に何をしようとしているのか、それはわからない。ただ、楽しげなその口調から、権力の階段をまた一歩上がる手段にしようとしていることだけは確かだと思った。

──日本の将来にとって、それはいいことなのかどうか。

ひとつ息をつくと、右京は、

「そんな日が来るとは、信じたくありませんがねえ」

と付け加えた。

首相官邸の一室で、雛子は右京の話を聞いていた。

〈そんな日が来るとは、信じたくありませんがねえ〉

スピーカーモードにした携帯から、右京の声が流れている。

正面に座る尊に目を向けながら、

「それは、日本にとって最悪の日ですね」

雛子は応えた。

〈それ以前に、日本だけでは済まない問題です〉

「ええ。しかし、大変良い話を聞かせていただきました」

〈はい?〉

「ありがとうございました」

それだけわかれば充分だ。雛子は携帯を切った。

尊がため息をつく。

「わかりましたね。財務省の思惑が」

「ええ」

「『Xデイ』の準備は、国民に気づかれたらアウトです」

尊は、テーブルに置いた半角英数のデータにちらと目をやった。

「だからこそ、二度とこんなデータが流れないよう、この法律を通そうと考えた」

データの横にある『改正通信傍受法』の冊子を手に取る。

「そのようね」

雛子は、再び携帯を手にした。

「どうするんです？」

「そうとわかれば、すぐにでも関係者とお話ししないとね」

「戸張先生と？」

「他にも、金融庁の方とか、このシミュレーションに協力している大手都銀の方とか」

弾むような口調で雛子は言った。

2

九条の話を聞きながら、岩月は思わず顔をしかめた。

内村刑事部長から命じられたことを伝えるため課長のデスクに行くと、逆に話があると言われ、隣室に連れて行かれた。そして、私自身もついさっき知らされたところだ――、と前置きしたあと、九条は淡々とした口調で話を始めた。

そこで告げられたのは、思いもよらぬことだった。

『Xデイ』という言葉を、九条は使った。それが、日本経済が破綻する日だという。

「金融封鎖したとき、銀行利用の個人や法人はもちろん、関係官庁にどんな影響が出るのか――。その反応やパニックについて、データを採るために仕組まれたのが、最近頻発してる銀行のシステム障害だ」

部屋には二人しかいないのに、九条は声をひそめた。

「じゃあ、このデータは……」

岩月が半角英数のデータを手に取る。

「『Xデイ』を想定した、金融封鎖の、手順の一部だ」

「それを、中山さんは漏洩《ろうえい》した……。なんのために」

苦い表情で九条が首を振る。

中山が何故《なぜ》こんなことをしたのかはわからない。

しかし――。

「やっぱり、これが殺害の動機」

岩月は携帯を取り出した。すぐに伊丹に連絡しなければ、と思った。

「何をする気だ」

九条が咎《とが》める。

「今の話が本当なら、『Xデイ』を予測した財務省、金融庁、銀行のどこかに殺人犯がいるはずです」

「その捜査本部から、我々は撤退した」

「え……」

「犯人を逮捕すれば当然、裁判になる」

九条がさらに声をひそめる。

「もし、犯人が有志グループにいたら、殺害の動機『Xデイ』が公になってしまうんだ」

「でも！」

思わず大きな声を出してしまい、岩月は窓に目を向けた。そこから隣のサイバー犯罪対策室が見渡せる。亜紀が、怪訝《けげん》な顔つきでこっちを見ている。

「でも」

九条に視線を戻し、声を落とす。

「人がひとり殺されてるんですよ」

「わかってるのか？　『Xデイ』が公になった途端、その日が『Xデイ』になってしまうんだ」

「ああ」

――そうか……。

岩月は携帯を握る手を下ろした。

九条の言う通りだ。こんなことが国民に知られたら、その途端にパニックが起きる。日本経済は大混乱に陥る。

「コトの重大さがわかったなら、この件は他言無用だ」

「『Xデイ』……」

——財務省と金融庁は、そんな日が来ると予測しているのか。

岩月は、呆然《ぼうぜん》としながら目の前のデータに目を落とした。

3

捜査二課の取調室では、中園自らが神林の聴取を行なっていた。部屋には他に、デスクを囲むようにして三人の捜査員が詰めている。

「これは、お前のトレーディングルームから出てきたものだ」

中園は、さっきからだんまりを決め込んでいる神林の目の前に半角英数のデータを突きつけた。

「これを見て、お前は『Xデイ』を知った」

神林はまだ黙っている。

「さすが元敏腕証券マンだな。だから、国債のカラ売りなんてしてたのか」

今度は、日本国債の空売りを記録したプリントをテーブルに置く。

「なんとか言ったらどうだ」

わずかに顔を上げて中園を見ると、神林は、唇をひきつらせるようにして笑った。

「日本の破産がわかってれば、誰でもやる手だ」

「なんだと」

「もっとはっきりした日付がわかってれば、もっとうまくできたんだ」

「その日付はもうわかったよ」

二課の捜査員のひとりが告げる。

「データをウチで分析したからな」

それを聞いた途端、神林は弾《はじ》かれたように立ち上がった。

「いつだ！」

捜査員に食ってかかろうとする。それを別の捜査員が押さえつける。

「そんなに金にしたいのか、ニッポンの破産を！」

中園の怒声に一瞬首をすくめたが、神林はすぐにふてぶてしい顔つきになった。

「日本のことなんて、俺には関係ない」

「なに」

中園の眉が吊《つ》り上がる。

「さすが大企業辞めてヤクザに飼われただけのことはあるな」

「あそこがヤクザだなんて、知らなかった」

「今さら何言ってる」

「本当だ。だがな――」

神林は中園を睨《にら》みつけた。

「ヤクザとわかったって、抜ける気はなかった」

唇に薄い笑みが浮かぶ。

「潤沢な資金に圧倒的な情報量。あんなエキサイティングな仕事場、他にない。そんな中で摑《つか》んだ『Xデイ』だ」

「貴様……」

「日本国民には地獄だろうよ。だがな、俺たちにとってはチャンスなんだ」

捜査員たちが顔を見合わせる。

中園は鉛のようなため息をついた。

4

伊丹はむしゃくしゃしていた。

内村に逆らって捜査の続行は決めたものの、その後一向に岩月からの連絡がない。わけのわからないデータが殺人事件に絡んでいるとなると、岩月の力を借りないわけにはいかないのだ。

――あっちの課長にもストップをかけられたのか？

しかし、それならそれで一報があってもおかしくない。上の命令に従わないことは確認し合ったはずだ。

――いざとなってビビッたんじゃないだろうな。

伊丹は携帯を取り出した。

しかし、登録したばかりの岩月の番号にかけようとして、思いとどまった。急いで確認すべきことがあるのを思い出したのだ。伊丹は足早に鑑識課に向かった。

ドアを開けると、三浦と芹沢がいた。

「よう」

と挨拶《あいさつ》してデスクに近づく。

「お待ちしておりました」

伊丹の姿を見ると、米沢は、中山の部屋の指紋採取図を広げた。

「中山さんの部屋を探ってたこの指紋ですが」

言いながら、鑑識袋に入った『東京明和銀行』の朽木の名刺を取り出す。

「伊丹刑事の推理通り、この人の指紋でした」

「やっぱり」

思った通りだった。

「中山のあの上司か……」

──朽木が中山殺しの犯人かもしれない。

「任意同行するぞ」

「え……」

米沢が驚きの声を上げた。

「違法に入手した指紋じゃ証拠になりませんよ」

「それ以前に、部長に止められたんだろ？　銀行の捜査」

三浦が続ける。

「関係ねえ！」

伊丹は吐き捨てた。

「しっかし、あいつ、連絡おっせえな」

苛々《いらいら》しながら携帯を取り出す。

朽木を引っ張るとなったら、岩月も同行させたかった。データの絡んだ難しい話になったらお手上げなのだ。

「おい」

そこに三浦が、防犯カメラの映像からコピーした写真を目の前に突き出した。

「新ジャスティスの正体、わかったぞ。これ、新ジャスティスがデータを流したネットカフェだ」

写真を手にした伊丹が、不鮮明に浮かび上がっている女性の顔にじっと目を向ける。

「この女……、中山の恋人……」

岩月と二人で『東京明和銀行』本店に行ったとき、咄嗟《とっさ》に壁の陰に隠れた美奈の姿を思い出した。

――やっぱり、あの女……。

写真を手に、伊丹はドアに向かって歩き出した。

「おい、待てよ」

三浦が呼び止めるが、振り返らなかった。また横やりが入らないうちに、急いで捜査を進めなければならない。

鑑識課を出て廊下を歩き出しながら、伊丹は一度しまった携帯を取り出した。そして今度は、岩月の番号を呼び出した。

5

「美味《おい》しい。このタルタルステーキ、本当に美味しいの」

生肉のステーキをスプーンで口に運びながら、雛子が感嘆の声を上げた。

テーブルの向かい側には、衆議院議員の戸張、金融庁の平、『東京明和銀行』の松岡が顔を揃《そろ》えている。三人はまだ料理に手をつけていない。椅子にじっと座ったまま、雛子が本題に入るのを待っている。

ゆっくりと料理を味わいながら、雛子は三人の様子を観察した。

三人共四十代半ば。日本の財政・金融を担う次世代のエースとして、以前から交流があるのだろう。今度の計画も、彼らが中心になって進めたのは間違いない。三人はそれだけの力を持っている。

ここで彼らと協力関係を作っておいて損はない、と雛子は思った。

「で、今日は、どんなお話を?」

なかなか話を切り出さない雛子に痺《しび》れを切らしたのか、戸張が口を開いた。

「せっかちね」

唇をナプキンで軽く拭い、三人に向かって微笑《ほほえ》むと、雛子は、バッグから『改正通信傍受法』の冊子を取り出した。

「この法律で、ネットを使った内部告発を防ごうとした」

三人の前に冊子を置きながら、いきなりそう告げる。

「例えば『Xデイ』の内部告発とか」

驚きの表情を浮かべる三人を前に、雛子はまた生肉に口をつけた。

「どうぞ召し上がって。皆さんも」

それでも三人は皿に手を伸ばさない。

「我々は、この法案を通したいと思っています」

強張《こわば》った表情で戸張が言う。

「心強いわ。大手都銀の方たちや——」

雛子が松岡に目を向ける。

「金融庁の方」

次に平。

「警察庁の方が応援してくれるなんて」

「警察庁？」

戸張は眉をひそめた。

「必要でしょう？　この法律を運用する機関が」

「それを警察庁に作るつもりですか？」

「警察の天下り先になると、国民の批判を受けます」

「我々はそんなことをするつもりは……」

戸張、松岡、平が、順に言葉を継ぐ。

「そんなことにならないよう、早い段階で、この法案の主導権を握りたかった？」

雛子は、またステーキを口に運んだ。形のいい唇がリズムよく上下に動く。

「だから、勉強会だなんて言い出したの？」

「国の予算を預かる財務省が、うなずくはずはない」

松岡が苛立《いらだ》った声を出した。

「うなずかせるのよ、皆さんが」

「我々にそんな力は――」

「まあ、御謙遜《ごけんそん》」

雛子が平を遮る。

「『Xデイ』のシミュレーションなんて、大きなことをなさる皆さんですもの」

三人は一斉に黙り込んだ。

「いるんでしょう？　財務省にも、日銀にも、お仲間が。みんなに会いたいわ。勉強会で」

戸張はため息をついた。

「警察庁の参加。それが条件でしょうか」

「条件？」

「片山先生が『Xデイ』を黙っている条件です」

「いやだ。私が脅してるみたい」

松岡と平の顔が歪《ゆが》む。

「ちなみに次はいつ？『Xデイ』のシミュレーション」

わずかに考えたが、

「明日です」

きっぱりと戸張は言った。全《すべ》て知られてしまった以上、抵抗しても無駄だと悟ったのだろう。

「あら」

雛子は肩をすくめた。

「ほとんどの民間企業が給料日。人が悪い」

戸張は泡の消えたシャンパンを口にした。松岡と平も、何かを吹っ切ったかのように目の前の料理を食べ始める。

「また、どこかの銀行から顧客が逃げるわね」

「今後、国内ほぼ全ての金融機関が続きます」

口を動かしながら松岡が応える。

「あら。じゃあどこに預金しても危険性は同じ？」

「ええ。逃げた客も、いずれ戻らざるを得ません」

「それに――」

戸張は、空になったシャンパングラスを置いた。

「預金が国外に出ても、追跡できるシステムはできています」

テーブルの上の冊子を指差す。

「これは、そのシステムを強化するためにも必要です」

「それは、日本をサイバーテロから守るための法律よ」

「ええ。表向きはそう言ったほうが通りやすいでしょうね」

余裕を取り戻したのか、戸張が口許《くちもと》に笑みを浮かべる。

「さすが戸張先生」

雛子も、負けずにとびきりの笑顔を返した。

6

伊丹は腕時計に目をやった。

ここに来てもう一時間。そろそろあきらめたほうがいいかもしれない、と思った。

「遅いですね。お連れ様」

『花の里』の女将《おかみ》、月本幸子《つきもとさちこ》が、カウンター越しに手を伸ばしてビール瓶を取り上げる。

「ま、連れ、ってわけでもねえし……」

グラスを差し出しながら、伊丹は言い訳した。

岩月は連絡をよこさず、何度携帯に電話しても繋《つな》がらない。仕方なく、『花の里』の場所と、今夜そこで待つ、というメールを送った。

しかし、いまだに岩月からはなんの連絡もない。

――仕方がない。明日からまた仕切り直しだ。

踏ん切りをつけるかのように、大きくひとつ息をつく。

注《つ》いでもらったばかりのビールをひと息で飲み干すと、伊丹は椅子から腰を浮かしかけた。

扉が開いたのは、そのときだった。振り向いた伊丹が、上げかけていた腰を下ろす。

「連絡くれんじゃなかったのかよ」

それには応えず、幸子に向かって軽く会釈すると、岩月は無言のまま伊丹の隣に座った。

「お前んとこの課長に掛け合うってのはどうなった」

岩月に向かって、伊丹が身を乗り出す。

視線をテーブルに落としたまま、岩月は頭を下げた。

「すいません」

「やっぱりな。ま、いいや」

――上の命令など、どうでもいい。俺たちは納得がいくまで捜査を続けるだけだ。

「明日、中山の女に会いに行くぞ」

「え?」

岩月が顔を上げる。

「新ジャスティスはこの女だ」

伊丹は、女の写った写真をカウンターに置いた。

黙ったまま写真を見つめる岩月に向かって、

「お酒、どうなさいます？」

幸子が声をかけた。

「あ……、じゃあ」

伊丹の前に置いてあるビールを指差す。

「はい」

にこやかな顔でグラスを差し出すと、幸子はビール瓶を傾けた。その間もずっと、伊丹は探るような視線を岩月に向けている。

ビールにひとくち口をつけると、

「サイバー犯罪対策課は、捜査本部を抜けました」

低く押し殺した声で、岩月は言った。

「あ？」

「課長から、そう言われました」

伊丹の顔が歪んだ。小さく舌打ちし、首を振る。

「よくやるよな、上の連中も」

自分でグラスにビールを注いだ。それを一気に呷《あお》り、音を立てて息を吐く。

岩月は、目をしょぼつかせながらその様子を見ている。

「そんな顔すんな」

伊丹は、大丈夫だ、というように深くうなずいた。

「いいよ構わねえよ。明日朝七時、この女の家に来い。俺が捜査の本丸に連れて行ってやる。何言われたって、ホシ挙げて見返してやりゃあいいんだ。俺たちは――」

「行けません」

強い口調で、岩月が遮る。

「行けません。もう、捜査はできません」

伊丹が、呆気《あっけ》にとられたような顔で見た。

「嘘《うそ》だろ」

内村刑事部長に懇願され、捜査の中止を考えていた自分を、「見損なった」と非難したのは岩月なのだ。それなのに、どうして気が変わったのだ。

何があった、と訊《き》こうと口を開きかけた伊丹を制するように、

「すいません」

岩月はまた頭を下げた。うつむいたまま唇を嚙《か》み締める。

それを見て、伊丹は気づいた。

――こいつは全部知ってる。

おそらく、事件の裏に隠されている秘密を知ったのだ。何かとんでもないことだ。それを聞いて、岩月は事件から手を引かざるを得ないと判断した。

思わずため息が漏れた。

「そうだよな。お前、頭いいんだもんな」

岩月は専門捜査官だ。目の前の事件を犬のように追いかける現場の刑事とは違う。だから、大局的に見て捜査の中止を判断したのなら、当然しかるべき理由があるのだろう。それはわからないではない。

しかし、だからといって、事件に完全に蓋《ふた》をしてしまっていいはずはない。コトは殺人事件なのだ。人ひとり殺した犯人を、のさばらせたままにしておいていいはずはない。

「忘れてたよ。こっちは現場の能なしデカだから！」

無性に腹が立った。伊丹はカウンターを叩《たた》いて立ち上がった。

「なんだよ……。いけ好かねえ野郎だが……、少しは骨のある奴だと思ったのによ」

岩月のつらい気持ちはわかっている。だが、言わないではいられなかった。

――ここからは現場の刑事の意地だ。絶対に犯人を逮捕してみせる。

岩月に背を向けると、伊丹は『花の里』を出た。

しばらくの間、岩月は身じろぎすることなく、ただじっと座っていた。

ふと思い出したようにグラスを取り上げるが、口をつけることなく、ため息と共に元に戻す。

そんな岩月の様子を、幸子は黙ってじっと見守っていたが、

「あ？」

と、不意に素《す》っ頓狂《とんきょう》な声を上げた。

この場にまるでそぐわない明るい声に、岩月はハッと顔を上げた。幸子の周りだけ、重苦しかった空気が吹き飛んだかのようだ。

「お代、頂いてませんけど」

目を丸くして岩月を見る。

「え？　ああ……」

幸子につられて、応える岩月の声のトーンも一段高くなる。

ポケットを探るが、鍵《かぎ》や小銭入れしかない。貴重品は自分のデスクの中に入れたままだった。

「すいません。財布を持って来るのを忘れて……」

「いつでも結構ですよ」

幸子は微笑んだ。どこか人の心を温かくする、ホッとするような笑顔だった。

「でも、初めて入ったお店で」

「伊丹さんと、そのお友達の刑事さんですもの」

「あ、いや……」

お友達――、という言葉に苦笑する。

「信用してるんですね。伊丹刑事を」

「……そうか」

幸子は、ポンと手を打った。

「信用なんですね、お金って」

「え？」

「私、昔『ある場所』で働いてたんですけどね」

話しながら、幸子は、作りかけていた肴《さかな》の仕上げを始めた。

「そこ、すごく報酬が安かったんです」

小鉢を岩月の前に置く。

「一ヶ月で、一万円ちょっと」

「え……」

「でも、衣食住付き」

幸子は屈託なく笑った。

衣食住付きで、月一万ちょっとの報酬――。

その場所がどこなのかは、容易に察しがつく。しかし、今の幸子からは、そんな場所にいたことなどまるで想像できない。

「そのお金もらったとき、すごく嬉《うれ》しかった」

幸子は、遠くを見るような目になった。

「少なくとも、これだけは信用されたような気がして」

――信用……。

心の中で幸子の言葉を繰り返したとき――。

中山の殺害現場で見た、燃え残っていた万札の束の映像が、岩月の脳裏でフラッシュのように瞬いた。

「そうだよな……」

ひとりごとのようにつぶやく。

「信用されなかったら、単なる紙屑《かみくず》なんですね」

「え?」

聞こえなかったのか、カウンターの向こうで幸子が首を伸ばした。

椅子から立ち上がりながら、岩月はポケットに手を突っ込んだ。

小銭入れに入っていたコインを全てカウンターにぶちまけ、伊丹が残していった女

の写真を掴むと、

「足りない分は明日持ってきます」

そう言い残し、扉に向かう。

「いってらっしゃい」

背後でほがらかな幸子の声が響いた。

第七章 告 発

1

〈本日未明から『日本MBU銀行』と『NGA協和銀行』の二大都市銀行で、内国為替取引が停止した状態であることが判明しました。金融関係者の間では、先日の『東京明和銀行』のシステム障害の影響ではないかという意見が――〉

サイバー犯罪対策課で、岩月は、コーヒーを飲みながら朝のテレビニュースを見ていた。昨夜は一睡もしていない。

『花の里』を出て警視庁のサイバー犯罪対策課に戻り、財布を手にすると、岩月は、呼び止める九条を無視して再び外に飛び出した。そして、『新ジャスティス』が使ったネットカフェに向かい、パソコンを調べた。

何が自分をそうさせたのか、うまく説明はできない。ただ、このままでいいはずはない、札束に火を点《つ》けて燃やした中山の気持ちを闇《やみ》に葬るわけにはいかない、と思った。

もちろん、伊丹の熱い思いや、女将の話が背中を押したのは間違いない。昨日二人に会っていなければ、こんなことはしなかったはずだ。

「泊まったの？」

後ろから声をかけられ、振り返ると、亜紀だった。今出勤してきたところらしい。

「早いですね」

岩月は腕時計を見た。まだ午前七時前だ。

「いろいろすることが多くて」

このところ『ジャスティス11』のデータの分析に忙殺され、他の仕事がたまっているのだろう。

亜紀は、岩月のデスクの上にある写真に目を留めた。伊丹が『花の里』に置いていったものだ。

「これは？」

小さく眉をひそめながら写真を手に取る。

「新ジャスティスです」

岩月が説明する。

「彼女が使ったネットカフェのパソコンを調べました」

写真の女に目を向けたまま、亜紀が横に腰を下ろす。

「思った通り、USBメモリーを持ち込んで、それをパソコンに繋ぎ、データを流したんです。でもきっと、そのメモリーがデータを開くソフトもいっしょに運ぶタイプだったことを知らなかった。だから、ネットカフェを出るときにログオフしなかった。それで、そのパスワードがパソコンに残ったんです」

岩月は、自分のパソコンを操作し、『新ジャスティス11』のパスワードが表示されている画面を呼び出した。

「ネットカフェにログを出させて分析したんですか?」

「ひと晩かかりました」

言いながら、パスワード入力画面をプリントアウトする。

「我々はこの捜査から外されたはずですけど」

「まだ続けてる刑事がいます」

印刷されたプリントを手に、岩月は立ち上がった。

「続ければ、その刑事もあなたも、警察官でいられなくなるかもしれない」

「そうですね」

岩月はつぶやいた。

「警察官だったんですよね、僕たち」

訝《いぶか》しげな表情で、亜紀が岩月を見上げる。

「ITバブルが弾けた頃に、解雇されたエンジニアのひとりですよね。小田切さんも」

亜紀が小さくうなずく。

「理不尽だと思いませんでした？　僕は思いました」

「思ったから、今度は高い給料より安定だと思って……」

「でも、警察に入ったら、現場の刑事が無能に思えて」

「ええ。いつもその愚痴でしたね」

岩月はため息をついた。

「正義感を持った捜査官と、それすら持ってなかった専門捜査官と、警察官としてはどっちが無能だったんだろ」

「え？」

亜紀が目を細める。

「いえ」

小さく首を振る。

協力してくれとは言わない。ただ、できれば亜紀にはわかってほしかった。

言葉を失ったままの亜紀を残し、岩月は部屋を出た。

2

伊丹は、三浦、芹沢と共に、美奈のマンションの前にいた。

ほどなく、美奈がエントランスに姿を現した。三人が素早く周りを取り囲む。

「会社に行くだろうと思って、待たせてもらってました」

まず芹沢が声をかけた。

「オートロックのマンションは、ピンポンすると逃げられる恐れがあるんでね」

伊丹が一歩詰め寄る。

最初は明らかに動揺した様子だったが、居直ったのか、美奈は背筋を伸ばした。

「なんでしょう」

睨むように三人を見回しながら訊く。

「このデータが中山さんの死後――」

三浦は、美奈の目の前に半角英数のデータを掲げた。

「このネットカフェから」

続いて、美奈が写ったネットカフェの写真。

「あなたがいたこの時刻に流されました」

その下には時刻が表示されている。

「どういうことか、説明していただけますか?」

「たまたまその時間、このネットカフェにいただけです」

「たまたま……?」

あきれたように繰り返す三浦を無視すると、美奈は歩き出した。

「待ってください」

伊丹があとを追う。

美奈に並びかけ、ふと前方から歩いて来る男に気づいた伊丹は、思わず足を止めた。

岩月だった。

伊丹に向かって小さくうなずくと、岩月は、美奈に向かってパスワードの入力画面のプリントを突き出した。

「これ、見てください」

美奈が息を呑《の》む。

「たまたまそこにいただけ、なんていう言い逃れはできませんよ」

岩月は、まず三浦が手にしている写真を指差した。

「その時間に」

次に自分が持つプリントに指を向ける。

「このパソコンで使われた、ＵＳＢメモリーのパスワードです」

美奈は唇を噛んだ。

「そのメモリー、持ってますよね」

うつむいたまま応えない。

「家宅捜索の令状なら……、これと」

今度は、まずプリントを指差し、

「これで取れますけど」

写真に指を向ける。

「どうします？」

観念したのか、美奈の肩が落ちた。

「部屋でお話、うかがえますか？」

「わかりました」

つぶやくように言い、美奈が玄関に引き返す。三浦と芹沢がすぐに両脇を固めた。

あとに続こうとした岩月を、

「おい」

と伊丹が呼び止める。

二人は一対一で向かい合った。

「バカか、お前」

首を突き出して伊丹は言った。

「褒め言葉ですよね、今の」

「なんでわかった」

ケッ、と舌を鳴らすと、伊丹は前を行く三人のあとを追った。

3

美奈の部屋は、中山のマンションよりひと回り小さい1DKだった。独身女性らしく小奇麗《こぎれい》に片づいており、香水の残り香だろうか、フローラル系のいい匂《にお》いも漂っている。窓際のデスクの上には紫色のプリザーブドフラワーが飾られ、その横には中山と二人で撮った写真もあった。

部屋の中央に置かれた小さな座卓を囲んで、男四人と美奈が腰を下ろす。

「中山から預かったものです」

美奈は、バッグから赤いUSBメモリーを取り出した。

岩月がそれを受け取る。

「だから知ってたんですね、中身がこれだと」

岩月は、芹沢が手にしているデータのプリントに視線を送った。美奈がうなずく。

「一度だけ、中山が見ていたのを覗《のぞ》いたことが……」

美奈はその夜のことを思い出していた。


中山の部屋——。午前零時を回り、寝る準備をしようとしていたときだった。

ピンク色の歯ブラシに歯磨き粉を出しながらデスクの中山に近づくと、パソコンに赤いUSBメモリーが差し込まれていた。

「何？　仕事？」

画面にはアルファベットと数字と記号がぎっしり並んでいる。

「なんのデータ？」

「一部の人だけが握ってちゃいけないデータ」

パソコンに目を向けたまま中山が答える。

「広く知らしめて、皆でどうするか考えなきゃいけない」

ＵＳＢメモリーを引き抜き、椅子を回転させて美奈に向き直る。

「持っててくれ」

唐突に中山は言った。

「え？」

歯ブラシを口にくわえたまま、美奈が応える。

「俺に何かあったときのためにさ」

「何かって、何よ」

美奈は笑った。

「さあな。何が起きるかわからない世の中だから」

中山も笑った。ただ、その笑顔はどこか虚《うつ》ろだった。今までそんな表情を見たことはなかった。

――どうしたんだろう。

美奈は、ＵＳＢメモリーを受け取るのを躊躇《ちゅうちょ》した。しかし中山は、差し出した腕を引っ込めない。

「持っててくれ」

もう一度中山が言う。

仕方なく、美奈は手を伸ばした。

「だから、あなたたちにそれを見せられたとき」

美奈が、半角英数のデータにちらと目をやる。

「それをネットに流したから殺されたんだと思いました」

唇が震える。

「彼が命を賭《か》けて流したデータです。それなら今度は私が、と……」

美奈は、膝《ひざ》の上に置いた両手を固く握り締めた。

「それに、私が同じことをしたら、もしかしたら犯人がわかるかもしれないと思って……」

「危険だとは思わなかったんですか?」

芹沢の言葉に、美奈は、バッグからカードを一枚取り出した。タロットカードのようだった。

「それは?」

伊丹が目を細める。

「お守り。いえ、戒めです」

美奈がカードを座卓の上に置く。

カードには、右手に剣、左手に天秤《てんびん》を持った女性の絵が描かれている。

そして、『JUSTICE XI』という文字。

「どうだ？」

美奈がめくったカードを見て、中山が訊いた。

タロット占いは美奈の趣味だ。中山にはカードの意味はわからない。

「気になる？」

焦《じ》らすように、いたずらっぽく美奈が笑う。

「早く教えろよ」

「何よ、タロットなんてバカにしてたクセに」

「知ってるか？　銀行員は占いを信じやすいって」

「え？」

「自分の仕事が人の信用だけで成り立ってるって、潜在意識でわかってるんだ」

美奈は首を傾《かし》げた。何が言いたいのかわからない。

「だから、すがるものが欲しいんだ」

「どういう意味？」

「いいから、早く教えろよ」

美奈は、中山の前にカードを置いた。

「カードはジャスティス」

『ジャスティス』は、「平等」「正しさ」「行政」「正当な判決」を意味するカードだ。描かれている女性は、ギリシア神話の正義を象徴する女神アストライアー、またはその母であるテミスがモチーフになっているとされる。

「そうね……」

少しだけ考えてから、美奈は続けた。

「あなたがしようとしている大きな仕事は、動けば必ず反応が返ってくる」

「動かなければ？」

「何も変わらない」

中山は薄く目を閉じた。そのままじっと黙り込む。これまで見たことがないような険しい顔だ。

——どうしたんだろう……。

胸がざわついた。

それからしばらくの間、中山はひとことも言葉を発しなかった。

「彼の背中を押したのは私かもしれないから……」

それだけ言うと、美奈は震える手で口を押さえた。

「それがなんのデータなのか、あなたは知らないんですね」

岩月の質問に、小さく首を振る。

「彼は教えてくれませんでしたから」

「これを見てください」

伊丹は、朽木の写真を座卓の上に置いた。

「中山の、上司の……」

写真に目を向けると、口を押さえたまま美奈がつぶやく。

「顔を見たことは？」

「あります。同じ本店勤務ですから」

「あのデータがネットに流れていたのを知っていました」

岩月の言葉に、ハッと顔を上げる。

「朽木室長が怪しいんですか？」

「事件について何か知ってる。我々はそう考えてます」

三浦が答えた。

「そういえば……」

美奈が薄く目を閉じる。

「中山が殺された日……、行内で誰かと」

「朽木が誰かと会ってたんですか？」

伊丹は身を乗り出した。

「ええ。退社間際に、応接スペースがある廊下で見たんですけど……。私に気がつくと、朽木室長は顔を逸《そ》らすようにしてました。何か険悪な雰囲気で言い争っていたような……」

「誰と会ってたんです？」

「わかりません。ちょっと見ただけで。でも、本店の人間じゃなかったことは確かです」

「それ、朽木さんに訊いて、答えてくれるかな」

芹沢のつぶやきに、

「くれるかな、じゃねえ。聞き出すんだよ」

すぐに伊丹が返す。

「私が見たって言います」

美奈の口調に力がこもった。

「それで聞き出せますか？」

伊丹たち四人を見回す。

「いや」

三浦は渋い表情だ。

「あなたを聴取に参加させるわけにはいきません。朽木室長が事件に関与していたら危険です」

「なら尚更、協力します」

毅然《きぜん》とした態度で、美奈は言った。

4

三浦は最後まで渋っていたが、美奈は、自分が朽木室長に問い質《ただ》すと言って聞かなかった。最終的には、伊丹が、自分が責任を取るから、と言って三浦を説得した。

芹沢が運転する覆面パトカーは、真っ直《ます》ぐ八重洲の金融街に向かった。助手席には三浦、後部座席に、伊丹、美奈、岩月が並んで座っている。

「混んでるな」

前方を見ながら三浦がぼやいた。

「この辺、銀行多いですからね」

ハンドルから手を放し、芹沢が応える。

『東京明和銀行』本店に近づくにつれ、車は進まなくなっていた。車窓から見えるどの銀行の玄関にも人が押しかけている。

「ああ。今日給料日か」

ATMコーナーの前の行列を眺めながら、伊丹がつぶやく。

「じゃ、昼休みになったらもっと混みますね」

うんざりした顔で芹沢が後部座席を振り返ると、

「今日は『MBU銀行』と『協和銀行』がシステム障害で止まってるから、かなりパニックになると思います」

美奈が言った。

岩月は、通りを隔てて斜向《はすむ》かいに建っている『日本MBU銀行』と『NGA協和銀行』に順に目を向けた。美奈の言う通り、すでにどちらの玄関にも人が群がり始めている。時間がたつにつれて、押し寄せる人数はどんどん増えていくだろう。

〈警視庁から各局――〉

そのとき、警察無線が入った。

〈傍受の通り、現在まで兜《かぶと》町の金融街で傷害二件、器物損壊六件。うち『NGA協和』では、マル被一名が警察官を振り切り逃走〉

「ひでえな」

伊丹が眉間《みけん》に皺《しわ》を寄せる。

〈丸の内公園から駅方面、人着《にんちゃく》、男三十五歳くらい――〉

ノイズが響き、続いて別の警察無線が割り込んだ。

〈――から八重洲ゲンポン、手配マル被と同一かは不明。『MBU』と『協和』のシステム障害による混乱は『東京明和』のせいであると供述。人着は男四十歳前後――〉

「もういい。切れよ」

きりがない、と伊丹は思った。おそらく、今日は一日中こうした事件が続くのだろう。

三浦が手を伸ばし、警察無線を切る。

「今みたいな噂《うわさ》、広がってるみたいです」

ぽつりと美奈が漏らした。

「え？」

伊丹が顔を向ける。

「テレビで見ました。今起きてるシステム障害が連鎖的なら、またどこかの銀行でお金が出せなくなるって」

「やってたな」

三浦がうなずいた。

「もしかしたら金融封鎖が起きるとか、銀行が潰《つぶ》れるとか、テレビは好き勝手なことを言う」

「それでこの人ごみ……」

岩月が辺りを見回す。

さっきよりまた人の数が増えたようだ。金融街の歩道は、行き交う人で溢《あふ》れ返っている。

「いくらなんでも、こんな大勢、おろす金ないでしょ」

芹沢の指摘を、

「いえ」

即座に美奈が否定した。

「無理してでも用意すると思います。もしできないとなったら、その時点で大パニックになりますから」

伊丹は岩月の顔をうかがった。その表情には、昨日の昼間まではなかった翳《かげ》のようなものがある。やはり岩月は何か重大な秘密を知っているのだ。

伊丹の視線に気づいたのだろう、岩月が顔を向けた。しかし、すぐにそっぽを向き、知らぬ振りを決め込む。

まあいい、と伊丹は思った。どんな秘密だろうが、それを知った上で捜査を続けるかどうかは、岩月自身が決める問題だ。

「着きましたよ」

芹沢の声に、斜め前方に目を向ける。

すぐそこに『東京明和銀行』本店のビルが聳《そび》えていた。

5

芹沢を先頭に、五人は人ごみを掻《か》き分けながらビルの玄関をくぐった。警察バッジを提示し、本店内部に入る。

伊丹たち三人は真っ直ぐシステム部に向かった。岩月と美奈は廊下の奥にある小さな応接スペースで待つ。

「大丈夫ですか?」

岩月は美奈に声をかけた。

「大丈夫です」

すぐに言葉が返ってくる。しかし、その顔は、緊張のせいか青ざめている。

聴取に同行させるのはやはり無理だったのではないか、と岩月は思った。

「本当に大丈夫ですから」

こちらの気持ちを察したのか、真っ直ぐに顔を向けて美奈が繰り返す。岩月は無言でうなずいた。

ほどなく、苦虫を嚙み潰したような顔で伊丹らが戻って来た。

「朽木室長、今日から有給休暇だそうです」

芹沢の説明に、岩月も渋面を作る。

「俺たちの動きが上のほうからバレたんだろう」

伊丹は悔しそうに廊下を振り返った。

「おい」

三浦が芹沢に声をかける。

「朽木の家に行くぞ」

「はい」

歩き出した三浦のあとを、慌てて芹沢が追いかける。

「あ」

行こうとする二人に、岩月が声をかけた。

「僕は彼女と、朽木さんが会ってた男を見た人、探します」

「俺も残る」

わかった、というように三浦はうなずいた。

伊丹が続く。

「行くぞ」

三浦と芹沢の後ろ姿を見送ると、伊丹は先に立ってシステム部に向かった。その後ろに美奈。そして、彼女を守るように岩月が最後尾についた。

新社屋に移る準備だろう、システム部のフロアの壁際には、引越会社のロゴが入った段ボール箱が積み重ねられていた。ずらりと並んだデスクでは、行員たちがわき目もふらずにデスクワークを続けている。

フロアの中を歩きながら、伊丹は聴取相手を物色し始めた。真面目《まじめ》で気が弱そうな行員がいいか、などと考えながら、デスクを見回す。

電話中の男性行員の後ろを通り過ぎようとして、その話し声が耳に届いた。

「申し訳ありません」

受話器を耳にあてたまま、行員はぺこぺこと頭を下げている。

「朽木は今、席を外しておりまして」

その言葉に、伊丹たち三人は同時に立ち止まった。

——朽木は有給休暇中じゃなかったのか？

岩月と顔を見合わせる。

「携帯はご存じでしょうか。……あ、少々お待ちください」

後ろに伊丹らがいることにはまるで気づいていない様子で、行員はいったん通話を保留状態にした。

——内線に繋ぐつもりか。

そっと近づき、背中越しに電話機を見る。

男性行員は「2」「5」「6」と続けてダイヤルボタンを押した。

「システム部です。朽木室長、いらっしゃいますか？」

——朽木は行内にいる。

「内線です」

美奈が囁《ささや》く。

「256を押してた」

伊丹が教えると、

「256……」

わずかに考え、すぐに歩き出した。

「上の部屋です」

システム部を出ると、廊下の先にある階段を指差す。

美奈を先頭に、伊丹、岩月が階段を上がって行く。すると、頭上から男の話し声が聞こえて来た。朽木だ、とすぐにわかった。

三人が同時に立ち止まり、顔を上げる。

携帯で話しながら踊り場まで降りて来た朽木が、ぎょっとした表情でその場に固まった。

伊丹と岩月の姿を見ると、

「ああ……」

と気の抜けたような声を上げ、携帯を持つ手をだらりと下げる。朽木は観念した——。そう見えた。

美奈を残し、伊丹と岩月がゆっくりと近づく。

伊丹は油断していた。貧弱な体格で気も弱そうな朽木が抵抗することなど考えてもいなかった。

しかし——。

目の前に立った瞬間、朽木は体当たりをするようにして伊丹の胸を突き飛ばした。

「おわっ！」

伊丹が声を上げ、岩月と重なるようにして階段を転げ落ちる。

朽木は、呆然と立ち尽くす美奈の横を駆け降りた。

「待て!」

起き上がった伊丹が、階段に打ちつけた腰に手をあてながら朽木を追う。痛みに顔を歪めながら岩月もあとに続く。

伊丹がビルの玄関から走り出たとき、朽木は人ごみを掻き分けながら数十メートル先の歩道を走っていた。

「くそッ!」

鬼の形相で伊丹が追う。

『東京明和』の隣にある銀行の玄関には『ただ今ATMをご利用できません』という貼《は》り紙が見える。押しかけた人々が、大声を上げながら警備員ともみ合っている。隣だけではない、銀行ビルの前は、どこもかしこも大混乱だ。

——いったいどうなってやがるんだ。

騒ぎを横目で見ながら、伊丹は走った。

朽木が道路に飛び出した。やって来たタクシーを、両手を振って止め、すぐに乗り込む。

「止まれ!」

必死で叫ぶが、運転手の耳には届かない。

目の前でタクシーが動き出す。

それでも、あきらめるつもりはなかった。道路は渋滞している。追いつけるチャンスはある。

伊丹はタクシーを追って走った。


伊丹のあとを追いかけながら、岩月は、道路を隔てた前方の路上に目を留めた。運搬警備員たちが、輸送車からジュラルミンケースを下ろしている。

どこの銀行でも金が足りなくなっている。すぐに補充しなければならないが、道路は渋滞していて違法駐車も多く、目的の銀行までたどり着けないのだろう。警備員たちは、金を手に徒歩で銀行まで行くつもりなのだ。

危険だ、と岩月は思った。人々は興奮している。暴力沙汰《ざた》も起きている。そんな中で、札束の詰まったケースを手に人ごみの中を移動するのは無茶だ。

激しいクラクションの音に、前方に目を向ける。

違法駐車と歩道から溢れ出した人で走行できる道幅が狭くなり、車が動かなくなっている。朽木の乗ったタクシーも、ほとんど前進できなくなった。

朽木がタクシーから降りるのが見えた。

伊丹が車の間を縫って近づいている。

岩月も歩道から道路に躍り出た。

朽木は、いったん歩道に向かったが、壁のように立ち塞《ふさ》がる人波に跳ね返されるようにして、再び道路に戻った。伊丹の姿を見て慌てふためき、車の間にできた迷路のような道を、元来た方に戻って来る。岩月にはまだ気づいていない。

ジュラルミンケースを手にした先程の運搬警備員たちが、すぐ前の横断歩道を小走りに渡り始めた。

それを見た近くの人々が、銀行に現金が補充されるとわかったためか、運搬警備員を追って横断歩道に集まって来る。人の流れが急変し、それが渋滞に輪をかける。

その様子を目の端に入れながら、朽木が逃げて来る方向に走っていると、渋滞に痺れを切らしたのか、後方に停《と》まっていたバイクが急発進した。

危うく轢《ひ》かれそうになりながらも岩月は身をかわしたが、バイクはそのまま横断歩道に突っ込んで行く。

叫び声を上げながら人々が逃げ惑う。

「危ない！」

次の瞬間、岩月は声を上げた。

バイクは運搬警備員たちのほうに向かっていた。ぎょっとして立ち止まった警備員を避けようとしてハンドルを切り損ね、ジュラルミンケースと接触する。

ケースが撥《は》ね飛ばされ、警備員が転倒する。コントロールを失ったバイクは車に激突。運転していた男がボンネットの上で跳ね、路上に転げ落ちる。

空中に舞ったケースは、バイクと激突したときに鍵が壊れたらしく、地面に落ちると同時に、中から紙幣の入ったビニールバッグが飛び出した。

急ブレーキをかけた車がそのビニールバッグを弾く。

破れたバッグから、帯封が解けた紙幣が溢れ出す。

おりから吹いてきた強風に煽《あお》られ、万札が宙に舞う。

周辺にいた人々の動きが、一瞬止まった。誰もが、空を舞う紙幣に目を釘《くぎ》づけにされる。

次の瞬間――。

歩道に溢れていた人々が、叫声を上げながら道路に入って来た。急停止した車から降りた人々がそれに加わる。

誰もが空を見上げ、手を伸ばして、降ってくる万札を掴み取ろうとする。誰の目も血走っている。

若い男が老人の手から金を奪う。

女性が倒され、踏みつけにされる。

サラリーマン同士が殴り合いの喧嘩《けんか》を始める。

甲高い声で赤ちゃんが泣いている。

クラクション、
叫び声、
悲鳴、
怒声、
喚声――。

全てが入り混じり、金融街の空にこだまする。

愕然《がくぜん》としながら、岩月は目の前の光景を見ていた。

――これが『Xデイ』か……。

「待て！」

伊丹の声に我に返り、前に向き直ると、正面から朽木が走ってくるところだった。

宙を舞う紙幣の中を泳ぐかのように、両手をばたつかせている。その後ろを伊丹が追って来る。

岩月の姿を見ると、朽木は目を剥《む》いて立ち止まった。

そこに伊丹が飛びかかる。朽木がうつ伏せに地面に倒れる。

もがくように伸ばした手の先に一万円札が落ちた。その札を掴み、朽木が目を閉じる。

万札を握ったその手に、伊丹は手錠をかけた。

6

「財務省の廣田《ひろた》です」

名刺を差し出しながら男は名乗った。

「よろしく」

にこやかに挨拶し、雛子がソファに腰を下ろす。廣田も斜向かいに座った。

首相官邸にある雛子の執務室には、他に、衆議院議員の戸張、金融庁の平、『東京明和銀行』の松岡がいる。

雛子は、壁際に置かれたテレビの画面に目を向けた。どの局も今朝からずっと、金融街で起きたパニックの様子を伝えている。

「かなりの混乱が起きてるけど、大丈夫？」

雛子が廣田に視線を戻す。

「海外への影響は最小限になるよう努めています」

「それと——」

平があとを引き取る。

「混乱を起こした金融機関には、ちゃんと業務改善命令を出し、立入検査をします」

「あら」

わざとらしく驚いたような顔を作りながら、

「命令を出して検査するほう」

まず平を指差し、

「命令を出されて検査されるほう」

その指を松岡に向ける。

「よくできてる」

平と松岡が苦笑いで応える中、戸張は雛子に向かって身を乗り出した。

「『Xデイ』の準備のためなら、多少の混乱も犠牲も仕方ありません。日本政府のために必要なことですから」

「そう？」

雛子が微《かす》かに眉をひそめる。

「でも、結構大ごとになってるみたい。本当に問題ないの？」

「大丈夫ですよ。こうやって徐々に悪くなっていく分には、日本国民は耐えられるんです」

戸張の口許に笑みが浮かんだ。しかし、それは女性有権者を虜《とりこ》にする魅惑の笑みではない。助けを求めてもがき苦しむ人々を嘲笑《あざわら》うかのような歪んだ微笑み——。

「この日本では先のことを具体的に想像しない人が多いから、絶望の真実より希望の嘘に飛びつく人が多いから——、複雑な真実よりわかりやすい嘘が大好きなんです。なんの行動も起こさなくても、明日もまた、今日と同じ生活があると、何故か信じているんです」

テレビ画面には、銀行での混乱の様子が映し出されている。

「そうじゃなかった現実を、何度も見てきたのに」

渋滞する道路、歩道を埋め尽くす人波。

「だったら、その勘違いをさせておきましょう」

宙を舞う紙幣に群がる人々。その必死の形相。

「万一そうじゃなくなったときは、またお得意の『想定外』だったと言えばいいんですから」

雛子は、フッと小さく息をついた。そして、

「じゃ、話を先に進めましょうか」

笑顔でそう言うと、『改正通信傍受法』の冊子を手に取った。

第八章　自白

1

八重洲署の取調室で、伊丹は一対一で朽木と対峙《たいじ》していた。

「誰と会ってたか聞いてんだよ。中山さんが殺された日」

さっきから何度も同じ質問を繰り返している。しかし、朽木は頑として答えない。あくまで完全黙秘を貫こうというのか。そうすれば誰かが助けてくれるとでも思っているのか。

「いい加減にしろよ」

伊丹は、中山の部屋の指紋採取図をデスクに置いた。

「これ、全部あんたの指紋なんだよ！」

続けて、鑑識袋に入った朽木の名刺。

「あんたは、中山さんの家を明らかに漁《あさ》ってた」

それでも朽木は、口を閉ざしたままだ。

「その理由くらい答えてもらおうか」

デスクの一点を見つめたまま、身じろぎひとつしない。

伊丹は舌打ちした。

——このままじゃ埒《らち》が明かん。

椅子の背にもたれ、腕を組んで、どうやって攻めるか改めて考え始める。

そのとき、背後でドアが開いた。

振り返って見ると、岩月がドアの隙間《すきま》から顔を覗かせていた。ちょっと、というように目で呼ぶ。

朽木をぎろりと一瞥《いちべつ》すると、伊丹は廊下に出た。

「なに取調べサボッてんだよ」

いきなり噛みついたが、岩月は涼しい顔だ。

「捜査本部にいない人間がしたらマズイと思いまして」

「構わねえよ。来い」

ドアのノブに手をかけたところで、

「ちょっと待ってください」

岩月が止めた。

「二人きりにしてくれませんか？　朽木さんと」

「あ？」

「伊丹刑事が嫌いな、嫌らしい攻め方をしてみます」

「取調べはデカ二人以上が基本だ」

「今、ひとりでしてましたよね」

なんだと、というように顔を突き出して睨んだが、

「ふん。お手並み拝見してやる」

伊丹はあっさり引き下がった。

今のところ打つ手はないのだ。ここは岩月に任せてみようと思った。

「言っとくけど、あんまり時間はないぞ」

いつまた上から横やりが入るかわからない。グズグズしている暇はなかった。

「わかってますよ」

岩月は自信ありげだ。

「じゃ、よろしく」

ドスをきかせてそう言い、岩月を廊下に残すと、伊丹は隣室に入った。壁に引かれたカーテンを開け、マジックミラー越しに取調室をうかがう。

朽木は、さっきと同じ姿勢のまま、じっと椅子に座っている。岩月はまだ部屋に入っていない。

――あいつ、何グズグズしてやがんだ。

眉間に皺を寄せたとき、

「捜査一課の伊丹刑事」

いきなり女性の声が呼んだ。

振り返ると、亜紀がドアの向こうに立っている。

「なんか用ですか」

「ウチの岩月が、取調べをさせられているとか」

「これからです。見ますか？」

マジックミラーを指差す。ちょうど岩月が入ってきたところだった。

困ったような顔で肩をすくめると、

「サイバー対策課は捜査から外れてるんですよ。課長に告げ口する前に、説明願えますか？」

亜紀はドアをいっぱいに開き、伊丹に外へ出るよううながした。

案の定、横やりが入った。しかし、すぐに取調べをストップさせようとは思っていないらしい。

――ここは俺が時間を稼ぐか……。

「はいはい」

うんざりした顔で応えながら、伊丹は廊下に出た。

入れ替わりに部屋に入ると、亜紀は、ドアの横に置かれたデスクの上に、素早く青い封筒を置いた。

「では、こちらへ」

ドアを閉め、廊下の先を指差して歩き出す。

伊丹は渋々あとに続いた。

2

訝しげな顔を向ける朽木を残して、岩月はいったん取調室の外に出た。

伊丹と亜紀が廊下の角を曲がったのを見ると、取調室に鍵をかけて隣室に入り、亜紀が残した青い封筒を手にする。中には、ネットに流出した『Xデイ』のデータが入っているはずだった。

課長には内緒でデータを持って来てほしい、と電話で頼んだとき、亜紀は断らなかった。拒否してくれてもいいんだけど、と念を押すと、私も警察官ですから、と応えた。そして、鑑識課に寄って、最新の指紋照合資料まで持ち出してここに飛んで来てくれた。

全て伊丹には黙ってしたことだった。『Xデイ』のことは教えないほうがいいと思ったからだ。そんなことを知ったら、伊丹はまた暴走しかねない。上層部の怒りを買えば、警察を辞めさせられる可能性だってある。それだけは避けなければならない。伊丹には刑事のままでいてほしかった。だから、亜紀に頼んで隣室から連れ出してもらった。

――ここからは朽木と一対一だ。一気にケリをつけなければならない。

取調室の前で大きくひとつ息をつくと、岩月はドアを開けた。

朽木が目を細めて岩月を見る。

「お待たせしました」

改めて向かいの椅子に腰を下ろし、封筒からデータを取り出す。

それを朽木の前に置くと、

「これは、『Xデイ』――」

言いながら、岩月はデータにある『2015/5/1』という日付を指差した。

「の、シミュレーションですよね」

朽木の顔が驚愕《きようがく》に歪んだ。

「ちなみに、このデータの削除依頼出してたのって、金融庁のサーバーが中心でした」

半開きにした口が、わなわなと震え始める。

「知ってたよね。このデータ作ったの、あなただもんね」

「私は、上の命令で……」

声が掠《かす》れている。

「じゃあ、その上って人に、こう言ってあげましょうか。あなたが『Xデイ』を自白したって」

「なッ！」

朽木は椅子から腰を浮かせた。

『Xデイ』は最高機密のはずだ。それを白状したとわかれば、約束されているはずの将来のポジションだけでなく、今の社会的地位を全て失うことになるだろう。あるいは、命すら危ないかもしれない。

「してない！」

案の定、朽木は怯《おび》えた顔で叫んだ。

「したことにできるんですよ。調書を作っちゃえば」

「なんで……、なんでそんなこと！」

「そんなことが嫌なら、教えてください」

岩月はデータを封筒にしまった。

「中山さんが死んだ日の夕方、あなたは誰と会ってました？」

真っ直ぐ視線を向けながらたずねる。

「目撃者がいるんですよ。あなたが、見たことのない男と行内で会っているのをね」

朽木の目が泳いだ。

「話してくれますね」

観念したのか、がっくりと肩が落ちる。

「『桂井企画』とかいう会社の、トレーダーだという、神林、という男です」

――やっぱり。

岩月は小さくうなずいた。

亜紀が持ってきてくれた指紋の照合資料にその名前があった。組対五課が身柄を確保し、今は捜査二課が取調べを行なっているという。

「で、どんな話をしたんです」

「神林という男は、どうやって調べたのか、中山が流出させたデータが、金融封鎖のシミュレーションだということを知ってたんです。そして……、ビジネスの話をしようと――」

朽木は両手で顔を覆った。

緊急の用件――、と言って、神林は夕方遅くシステム部を訪ねて来た。そして、廊下奥にある応接スペースで朽木と向かい合って座ると、いきなり半角英数のプリントを差し出した。

そのプリントを手にした途端、朽木の顔色が変わったのを見て、神林はにやりと笑った。

「やっぱり。本店のシステム部ならわかると思ったんだ」

朽木は必死で動揺を抑え、

「知りません」

とだけ答えた。

「知らない？　いや、そんなはずはない」

「知りません。本当です」

プリントを手に、朽木は立ち上がった。

「お帰りください」

そう言い残し、プリントを手にしたまま応接スペースの外に出る。

「待ちなよ」

廊下を歩き出した朽木を神林が追う。

「帰れと言われて、素直に帰ると思うか？」

「そんなこと言われても、私には――」

そこで朽木は口を閉ざした。

ちょうど女性行員が通りかかるところだった。二人に訝しげな視線を向けている。

朽木は顔を逸らし、女性行員が行き過ぎるのを待った。

「室長さん。こっからはビジネスの話をしましょう」

女性行員の姿が見えなくなると、神林は自分の背広から分厚い白封筒を取り出した。

金が入っているのは明らかだった。

しかし、朽木は受け取らなかった。

「お帰りください」

うつむいたままそう言うと、踵《きびす》を返し、足早に神林から離れた。

「それからあの男の姿は見ていない。本当です」

朽木は疲れ切ったような表情でうなだれた。

「その場に、中山さんは？」

「いえ。神林と会ったのは私ひとりです。でも、神林を帰らせたあと、すぐに中山を呼んで、話をしました」

「あのデータは、あなたと中山さんのふたりで作ったんですね」

「そうです。あいつは優秀だし、信頼できると思った。まさか、ネットで流すなんて……」

朽木の喉《のど》から、苦しげな呻《うめ》き声が漏れる。

「で、中山さんを呼んで、どんな話をしたんです？」

「すぐに退職願を出すように、と――」

「退職願？」

小会議室で二人きりになり、すぐに退職願を出すよう命じると、中山は険しい表情で朽木を見た。

「どういうことです」

「どうもこうもない。郵送でいい。明日からはここに来るな」

「急に退職して怪しまれないよう今月いっぱいは居ろ――、じゃなかったんですか？」

「そんな悠長な話じゃなくなった」

「何があったんです」

「何があった？　よくそんなことが言えるな」

神林から受け取ったプリントを、朽木は中山に投げつけた。

「こんなことをして！」

「そのセリフは、一週間前にも聞きました」

「とにかく」

朽木は、怒りと焦りが入り混じったような顔で中山を睨んだ。

「すぐに退職願を書くんだ」

それだけ言い残し、部屋を出て行く。

それを中山が追いかける。

「私が流したデータは、見つけ次第削除してる！」

朽木の背中に向かい、中山が怒声を浴びせる。

「だから、公になることはないんじゃないんですか！」

もう言葉は返さなかった。二度と振り返ることもなく、朽木はその場をあとにした。

「廊下での二人のやりとりを、神林に見られたということは？」

岩月の質問に、朽木は顔をしかめた。

「わかりません。私は気づきませんでしたが……、もし神林がまだ近くにいたら、見られていたかもしれません」

おそらく――、と岩月は思った。

神林は、二人のやり取りを立ち聞きしたのだ。そして、交渉相手を朽木から中山に変えた。データを流出させたのが中山だとわかったからだろう。その夜、二人の間でなんらかの争いが起き、神林は中山を殺した。間違いない。

しかし、このままでは、先に捜査二課の手で送検されてしまう。そうなったらこっちの捜査はやりにくくなる。

――もう一刻の猶予もない。

「このまましばらく待っていてください」

朽木にそう告げると、岩月は取調室に鍵をかけ、廊下を走り出した。

3

警視庁に戻った岩月は、真っ直ぐ捜査二課に向かった。

取調室のドアを開けたとき、神林はまさに『金融取引法違反』についての自白調書に署名捺印しようとしているところだった。

「ちょっと待った！」

驚いてこっちを見る捜査二課の捜査員たちに向かって大声を上げ、その間を縫って前に進み出る。

「神林直樹。殺人罪で逮捕します」

岩月は、ポカンと口を開けて見上げる神林に向かって言った。

「殺人？」

二課の捜査員が訊き返す。

「はい」

岩月は、青い封筒から、燃え残った紙幣と封筒の特殊撮影写真が添付された資料を取り出した。

「中山さんの殺害現場にあった紙幣と封筒の指紋」

資料を目の前に突き出す。

「あなたの指紋でした」

資料には、弓状紋「A」が神林の指紋と一致したことが示されている。

半開きにしていた口を閉じ、神林が唇を歪める。

「どういうことか説明してもらえますか？」

しばらく黙ったままうつむいていたが、やがてその顔に不敵な笑みが浮かんだ。

「いい職場だったよ、『桂井企画』は」

笑いながらそう漏らす。

「いい職場……？　暴力団の事務所がですか？」

「ああ。おかげでこのデータの意味がわかった」

神林は、デスクの上に置かれた半角英数のデータを指先で叩いた。

「これが『東京明和』のデータだと教えてくれたのも、関東貴船組の情報網だ。金融封鎖のシミュレートだってわかるまでに、ちょっと手こずったけどな」

「中山さんが殺された日、『東京明和』の本店に行ったのは――」

「会いたかったんだよ、そのデータを作った奴に」

「どうして」

「決まってるだろ。正確な『Xデイ』を知るためだ」

「しかし、朽木に拒否された」

「そうだ。だが、俺はあきらめ切れなかった。いったんは追い返されたが、今度は、知っていることを世間にバラす、と脅して協力させようと思った。それで行内で待っていると……、あの中山という奴が現れた。廊下であの男が怒鳴るのを聞いて、俺は朽木より中山のほうが落としやすいだろうと考えた。それで奴のあとをつけた」

「中山さんは、改装中のビルに行ったんだな」

「ああ」

居直ったのか、神林は、そのときの様子を澱《よど》みなく話し始めた。

中山から充分な距離を取りながら、神林は改装中のビルの玄関をくぐった。エレベーターが動いているのを見て、階数表示に目をやる。最上階に着くのを見た神林は、すぐに階段に向かった。

二階と三階の間の踊り場に、置き忘れたのか、懐中電灯が転がっていた。それを拾い上げ、足下を照らしながらゆっくりと上って行く。

最上階は真っ暗だった。屋上に続く階段の下に立って見上げると、ドアが開いているのが見えた。中山は屋上だ。

階段を上がり、辺りを見回す。片隅にある倉庫で人影が動くのが見えた。ちょうどいい、と神林は思った。ビルには今二人きりだ。秘密の話をするには最適の場所だ。

倉庫の入り口に立ち、背後から懐中電灯を向けた。驚いた顔で中山が振り返る。

「何してるんです」

神林が訊くと、ビルの関係者だと勘違いしたのか、中山は慌てた様子で頭を下げた。

「あの、本店システム部の中山です。すでに運ばれた荷物から、私物のデータを取りに……」

「もうすぐ九時ですよ。大切なデータですか？」

「実は、今日いっぱいで退社するんで」

「なるほど」

神林は、唇を引きつらせて笑った。

「ま、それだけのことはしたもんな」

「は？」

眉をひそめる中山の前に、神林は、ポケットから半角英数のデータを出して広げた。

中山が息を呑む。

「『Xデイ』はいつですか？」

神林は一歩迫った。

中山は、金縛りにかかったかのように動かない。

「来年ですか？　まさか今年？」

さらに一歩――。

突然我に返ったのか、大きく一度肩を震わせると、中山は足早に外に出ようとした。

その胸に、神林が分厚い封筒を押しつける。

「金が必要だろ？　明日から無職になるんだ」

封筒を強引に手に握らせる。

中山は封筒の中身を覗いた。帯封が巻かれた札束が入っている。

「安心しろ。こんなハシタ金で済ます気はない」

封筒から顔を上げると、中山は、倉庫の外に歩き出しながらポケットからライターを取り出した。

「おい。何をするつもりだ」

背後で声をかける神林に向き直り、封筒にライターで火を点ける。

神林の顔が驚愕に歪んだ。

「どうせ、もうすぐ紙屑になるんだ。それに、無職にはなるが忙しくなる。データをマスコミに持ち込むからな」

「何を言ってるんだ。そんなことをしても、上からの圧力で握りつぶされるのがオチだ」

「だからネットを使ったんだ。ネットでデータが広がれば、いずれ誰かがその意味に気づいて騒ぎ出し、財務省や金融庁の企《たくら》みが明るみに出ると思った。でも、失敗した」

半分ほど燃えた封筒を、中山は放《ほう》り投げた。

封筒から飛び出した紙幣が、炎を上げながら空中で舞う。それを、呆気にとられたような表情で神林が見つめる。

「こうなったらもう、マスコミに頼るしかない。探せば、ひとりぐらい権力に屈しない骨のあるジャーナリストが――」

「なんでそんなバカなんだ！」

神林は、中山の襟首を摑んだ。

「金になる情報の使い方を知らないのか！」

「放せ」

手を振りほどこうと中山がもがき、そうはさせまいと神林が力を込める。屋上の端で二人がもつれ合う。

次の瞬間――。

もみ合った勢いで中山が柵《さく》の上から転落した。

床に這《は》いつくばった神林が、地面を見下ろす。

仰向《あおむ》けに横たわった中山の上に、火の玉となった紙幣が舞い落ちている。

「『Xデイ』の正確な日にちがわかれば金になる……」

岩月のつぶやきに、

「そうだよ」

神林は大きくうなずいた。上目遣いに見上げ、にやりと笑う。

「だから、調書には採らせない」

部屋にいた捜査二課の捜査員が、一斉に神林の顔を見た。

「裁判では黙秘する」

「お前……」

岩月が目を剝く。

「このネタさえあれば、刑務所の中にいても稼げる」

「ふざけるな！」

――この男は、人ひとり殺しておいて、それでも金のことしか考えていない。

心の底から怒りが噴き上がってきた。美奈の顔が脳裏に浮かぶ。

岩月は叫び声を上げながら神林に跳びかかった。その胸倉を摑み、拳《こぶし》を振り上げる。

「は、放せ」

神林が怯えた顔を向ける。捜査員が必死で岩月を引きはがす。

そのとき、勢いよくドアが開いた。

「何をしてる！」

入って来たのは中園だった。

「君は捜査本部を外れたはずだ。出て行け！」
怒りの形相で岩月を睨みつけ、ドアを指差す。
不意に笑い声が聞こえた。
壁に身体《からだ》を押しつけられたまま、岩月がデスクに向かって首をひねる。
神林は悠然と笑っていた。
そして、
「お前らには、俺を止められない」
乱れた襟元を直し、部屋にいる捜査員たちを見回しながら、勝ち誇ったように言った。
身体から力が抜けた。
——これで、『Xデイ』に関する陰謀は闇に葬られるのか。
悔しさと情けなさで、胸の奥が疼《うず》く。
岩月は目を閉じた。
瞼《まぶた》の裏に、朽木を追っているとき金融街で見たパニックの光景が甦《よみがえ》った。

4

伊丹は不機嫌だった。

亜紀に言われるまま取調室を離れ、これまでの捜査について話をし、引き返してみると、岩月の姿がなかった。

そして、いつの間にか、神林という男が中山殺しの犯人として逮捕され、事件は解決していた。

一夜明けて、大河内首席監察官から呼び出されたかと思うと、『警視総監賞』の授与が決まったという。キツネにつままれたような気分だった。

横に立つ岩月は、初めて会ったときのように、とり澄ました表情を崩さない。

——気にいらねえ。

こっちを無視する岩月に、伊丹は思い切りガンを飛ばした。

「——同じく、自称トレーダーによる殺人容疑の検挙により」

『警視総監賞』の賞状を手にした大河内が、受賞内容を読み上げている。

差し出された賞状には手を出さず、伊丹は後ろに首をひねった。口をへの字に曲げ、壁際に内村刑事部長が立っている。

「この捜査を必死に止めましたよね、部長」

内村は鼻先で笑った。

「止めてはいない。捜査する道筋を示しただけだ」

この前のうろたえた様子から一転し、内村は元の尊大な態度に戻っている。

「それが功を奏し、お前らが逮捕したのは、官公庁でも銀行の人間でもなく、ヤクザの共生者だ。よくやった。いい部下を持った」

岩月も後ろを向いた。そのクールな表情の中に、わずかに怒りが混じっていることに伊丹は気づいた。岩月もこの結末に満足しているわけではないのだ。

前に向き直ると、

「民間人にも渡せる賞なんですよね」

伊丹が訊く。

「ええ。可能ですが」

大河内は、眼鏡の奥の目を細めた。

「じゃあ、賞状は今回の捜査協力者にやってください」

それだけ言うと、一礼して踵を返す。

「捜査協力者とは?」

大河内の質問に振り返る。

「被害者の恋人です」

部屋を出て行く前に、伊丹は告げた。

伊丹に続いて廊下に出た内村のあとを、岩月は追った。

「待ってください」

その背中に声をかける。

内村は立ち止まった。しかし、振り向こうとはしない。

「逮捕した神林――。本当に裁判で黙っていると思いますか?」

「金の亡者らしいじゃないか」

前を向いたまま、内村は言った。

「そんな男の国債暴落論など、たとえ口を滑らしても単なる妄想だ。世の中、そうなってるんだ」

それだけ言うと、すぐに歩き出す。

内村が遠ざかる。

自分の無力さに歯軋《はぎし》りしながら、岩月は廊下に立ち尽くした。

エピローグ

中山が死んでいた場所で膝を折り、花束を置くと、美奈は目を閉じ、両手を合わせた。

その様子を、伊丹と岩月が後ろで見守っている。

しばらくして目を開けると、

「中山がしたことには、どんな意味があったんでしょう」

花束に目を向けたまま、自問するような口調で美奈はつぶやいた。

伊丹には、かける言葉がなかった。黙ったままその華奢《きゃしゃ》な肩を見つめ、唇を噛んだ。

「あの……」

岩月が口を開く。

「誇りに思っていいと思いますよ、中山さんのこと」

しゃがんだ姿勢のまま、美奈が振り返る。

「中山さんは、ごく一部の金融エリートの手の中にだけあった秘密を、公にしようとしたんです。広く世間に知らせて、議論を巻き起こそうとした。命がけで。なかなかできないことです」

美奈は何か言いかけ、すぐに口を閉ざした。

あのデータはいったいなんだったのか訊こうとしたのかもしれない、と伊丹は思った。だが、問い質しても岩月は教えてくれないだろう。美奈にはそれがわかっているのだ。

伊丹も同じだった。事件が解決してから、岩月はデータについてひとことも口にしない。その態度から、質問しても無駄だ、と伊丹にはわかった。不満はあるが、「教えるべきではない」と岩月が判断したのなら仕方がない。現場の刑事には、どうせ難しいことはわからないのだ。

美奈が小さく息をつくのを見て、

「じゃあ、我々はこれで」

伊丹は告げた。横で岩月がお辞儀する。

「ありがとうございました」

二人に向かって頭を下げると、美奈はまた花束を置いた地面に目を落とした。

伊丹が先にその場を離れ、岩月があとに続く。

「大丈夫でしょうか、彼女」

ちらちらと後ろを振り返りながら、岩月が訊いた。

「さあな」

「冷たいですね」

「被害者の彼女を心配するのは警察の仕事じゃねえ」

「だけど、ここまでいっしょに来てあげたじゃないですか」

「暇だから、ついでだ」

伊丹が眉間に皺を寄せて睨む。岩月は肩をすくめた。

伊丹も美奈も、データについて問い質すようなことはしない。それがありがたかった。

岩月は、横を歩く伊丹の横顔をうかがった。相も変わらぬ仏頂面で、何を考えているのかよくわからない。

目隠し用の壁の外に出て歩道を歩き始めると、

「それにしてもだ」

不意に伊丹は岩月に目を向けた。

「俺にひとことあってしかるべきじゃねえのか」

「何がです」

「殺人には興味ねえとかなんとか言ってたくせに、俺をハメてノケ者にした挙句に、たったひとりで殺人犯逮捕しやがって。申し訳なかったとか、すまなかったとか
――」

「すみませんでした」

伊丹を遮るようにして岩月が頭を下げる。

「それであやまってるつもりか？」

「もう行きますよ。僕、忙しいんで」

伊丹が舌打ちする。

「じゃ」

先に行こうとする岩月を、待てよ、と伊丹は止めた。

「この前借りた金、返すから」

「いいですよ、飲み代ぐらい」

「ホシを盗んだ奴におごられるのは嫌なんだよ」

「本当に面倒な人ですね」

銀行の前で、伊丹は立ち止まった。

「金おろすから、付き合え」

嫌がる岩月を、強引にATMコーナーに引っ張って行く。ちょうどひとつ空いている。

「ちょっと待ってろ」

そう言ってパネルを操作し始めた途端――。

『ただ今ご利用できません』というメッセージが画面に現れた。

「なんでだよ」

伊丹がパネルに顔を近づける。

「またシステム障害じゃないですか?」

おかしそうに笑いながら岩月が声をかける。

「冗談じゃねえよ。ちょうど俺のときに」

「自らに降りかかって初めて災難がわかるタイプですね」

「難しいこと言うんじゃねえよ」

「難しいことを面倒だって逃げてると――、来ちゃいますよ」

「あ?」

「『Xデイ』」

岩月が踵を返す。

「X？　おい、金！」

「じゃあ、今度おごってください。ただし、日本銀行券が使えるうちにお願いしますよ」

「難しいことはわからねえよ」

「じゃ、ごゆっくり」

ATMを拳で叩き始めた伊丹を残して、岩月は銀行を出た。

今日は、どの銀行でも混乱はない。歩道に人は溢れていないし、車の渋滞もない。

怒声も叫声も泣き声も喚き声も聞こえない。

でも――、と岩月は思った。

あの日見た光景は、幻でも、一度限りのものでもない。近い将来、この日本で起こり得る最悪の事態――。

――『Xデイ』。

来るべきその日のことを想像し、岩月は大きく身震いした。

―本書のプロフィール―

本書は、映画「相棒シリーズ Ｘ ＤＡＹ」（脚本／櫻井武晴）を原案に、著者が書き下ろした作品です。